Ungekürzte Taschenbuchausgabe
1. Auflage November 2012
© 2012 Maria Theresia Nothegger
Illustration: Carsten Mell
Herstellung und Verlag: Books on Demand GmbH, Norderstedt

Zur Autorin:

Maria Theresia Nothegger, geboren 1978 in Kufstein, lernte Chemielaborantin und studierte an der Universität Innsbruck Medienpädagogik und Kommunikationskultur.

Weitere Informationen unter:
www.kirchwaldhofen.at

Illustration: Carsten Mell

Satz und Gestaltung
Daniel Mader | www.west-design.at

Druck
BoD – Books on Demand, Norderstedt

ISBN 978-3-8482-4286-3

Für Tom

Kapitel 1

Das Telefon klingelt mit einer gefühlten Lautstärke von 300 Dezibel. Ich hätte gestern nicht auf dieses verdammte Maibaumfest gehen sollen. Der Bürgermeister meinte, dass ich dort als Haus- und Hofreporter sensationelle Bilder von hiesigen Gepflogenheiten machen und einen netten Artikel über Brauchtum schreiben sollte. Das Telefon klingelt wieder, mein Kopf dröhnt und ich starre – das Ganze Revue passieren lassend – apathisch auf meinen Monitor.

Generell hat Brauchtum, zumindest bei uns in Tirol, sehr viel mit Alkohol zu tun. Wir feiern faktisch alles und jeden. Egal, ob es das 20-jährige Jubiläum einer Fußgängerbrücke oder die Geburt einer Milchkuh ist. Egal was, Hauptsache ein Zelt ist da mit einer Zapfanlage und einer Schnapsbar. Ich versuche, mich zu konzentrieren, als dieses verfluchte Telefon schon wieder klingelt. Gestern schwirrte der Bürgermeister um diesen verdammten Baum herum, so, als ob es eine Gabe der Götter wäre, die alljährlich wie durch Zauberhand auf unserem Dorfplatz erscheint. Alle waren da, die lokale Prominenz sozusagen vom Pfarrer bis zu den Gemeinderäten – das wird sicher ein famoser Artikel mit den immer gleichen Protagonisten. Jetzt klingelt dieses dumme Telefon schon wieder; Ich schaffe es endlich, wenngleich feinmotorisch noch nicht sonderlich versiert, den Hörer abzunehmen: was für ein Fehler. Meine Chefin ist dran.

Sie hat mir genauso gefehlt wie den Japanern der Atomunfall oder den Griechen die Schuldenkrise. Jetzt geht's los. „Herr Hofer, warum gehen Sie nicht ran, das ist ja wieder mal typisch, Sie sind einfach nie zu erreichen, es ist ein Witz …" Heute hat sie allem Anschein nach wieder ihren hysterischen Montag. Ich lege den Hörer zur Seite, hole mir einen Kaffee und als ich wieder ran gehe, zetert sie immer noch. Ich glaube, ich könnte währenddessen auch getrost eine Woche auf Urlaub fahren und würde dabei nichts versäumen, denn es handelt sich hier mehr um eine Beschäftigungstherapie einer frustrierten Frau namens „Liz" Seethaler. Früher hieß sie eigentlich Gruber Lisl, aber durch die Hochzeit mit Karl Seethaler, einem reichen und gewieften Geschäftsmann, wurde aus Lisl Liz.

Meine Assistentin Rosi nennt sie unter anderem Showbus Liz, Medusa oder ADB, wobei ich glaube, dass ADB für „Achse des Bösen" steht. Also Showbus Liz alias Medusa oder ADB ist in voller Fahrt, wenngleich auch ziellos – wie immer. Es ist ja nicht so, dass ich Feedback nicht schätze, aber in Liz Seethalers Ansagen ist einfach nichts Konstruktives. Einmal wollte sie aus mir einen Life-Style-Redakteur machen, naja, das heißt vielmehr sie wollte sich selbst in jeder Ausgabe als spontan abgelichteten Promi wiederfinden. Rosi und ich haben aber immer in letzter Minute wichtige Meldungen reinbekommen und so mussten wir den Life–Style-Teil bedauerlicherweise aus Platzgründen immer wieder streichen. Das tat uns aber auch unendlich leid.

Endlich kommt Rosi durch die Tür, zeitgleich legt Liz Seethaler abrupt auf. Rosi, das ist schon eine Nummer. Dreadlocks bis zum Hintern und Tattoos soweit das Auge reicht. Irrsinnig direkt, unglaublich stur, fleißig und einfach liebenswert, vorausgesetzt sie mag einen. Noch etwas, alle paar Monate ist Rosi brutalst verliebt, nicht selten kommt sie mit einem neuen Tattoo mit dem Namen des dazu gehörigen Herzbuben – wahlweise in asiatischen oder keltischen Zeichen – ins Büro und meistens halten ihre Beziehungen nicht länger als man zum Buchstabieren des Wortes „Laserentfernung" braucht.

Heute scheint ein guter Tag für Rosi zu sein, sie pfeift irgendein Bob-Marley-Medley und wirft mir einen Topfengulatschen zu: „Morgen Schorschi, du schaust heute vielleicht scheiße aus, warst gestern auf dem Maibaumfest? Ich bring dir gleich ein Aspirin und einen Kamillentee, du armer Hund du. Ja so ist die Rosi: direkt, zutiefst warmherzig und loyal. Das war natürlich nicht immer so, anfänglich mussten wir uns erst aneinander gewöhnen und ich musste zugegeben ein gewisses Verständnis für Rosis turbulentes Liebesleben entwickeln. Halt das stimmt so nicht. Rosi hat ein schier ungebrochenes Talent, sich die größten Vollpfosten als Typen zu angeln, das verursacht fast schon Phantomschmerzen. Neulich kam sie mit einem Exemplar namens Günther an, Opelfahrer mit GTI Potential. Ich legte ihr wortlos einen Fuchsschwanz auf den Schreibtisch, sie sagte nur: „Noch schlimmer wäre so ein gehäkelter Klopapierrollenhalter für die Heckscheibe." Ich entgegnete ihr: „Du hast doch gar kein Auto." Jedenfalls verbringe ich den ganzen Vormittag damit, die neueste Ausgabe des „Kirchwaldhofner Wochenblattes" fertigzustellen und schlussendlich gelingt es mir – unter Berücksichtigung der verkaterten Ausgangssituation – einen recht passablen Bericht über Brauchtum am ersten Mai zu schreiben.

Kapitel 2

Da heute Montag ist und Montag immer der Tag ist, wo wir uns alle ganz spontan um Punkt 19.00 Uhr im elterlichen Wohnzimmer zum gemeinsamen Essen treffen, mache ich mich also mit meinem Motorrad auf den Weg zu meinem Elternhaus. Es duftet herrlich nach Kasspatzln, perfekt. Vergangene Woche duftete es nach Tofu, das war vielleicht ein Reinfall. Seit meine Mutter in Indien war, hat sich generell sehr viel verändert. Früher ging sie einmal die Woche kegeln, heute macht sie im Garten Yoga und überall brennen diese verdammten Duftstäbchen. Sie isst, und das noch viel Schlimmere, sie kocht kein Fleisch mehr, dauernd reicht sie uns Karotten und Sellerie, die wir in Joghurt dippen sollen – es ist eine ziemliche Katastrophe. Aber heute scheinen es die indischen

Götter gut mit uns zu meinen, danke Shiva oder wie auch immer du heißt. Mein Bruder Max ist schon da und reicht mir wortlos eine halbe Weißbierflasche, sehr schön. Seit jeher bedarf es nicht vieler Worte, um mit meinem Bruder zu kommunizieren, wir verstehen uns einfach. Unsere Schwester hingegen ist ein etwas anderes Kaliber. Sie kommt gerade ums Eck, nein sie erscheint, oder besser gesagt, sie schwebt herein und beehrt uns mit ihrer Anwesenheit. Auf ihrem T-Shirt steht „Zicke" – zumindest nicht gelogen. Die Spatzln sind sensationell, Max, Papa und ich können gar nicht genug kriegen, kein Wunder nach dem Tofu-Drama von vergangener Woche. Lediglich Johanna, die Zicke, zickt. Sie hätte es lieber gehabt, dass Mama den „light Käse" anstatt des pikanten Bergkäses verwendet. Max, Papa und ich schauen uns mitleidig an, nicht dass wir jetzt zukünftig auch noch auf unsere geliebten Kasspatzln verzichten müssen. „Mama, die Spatzln sind die besten auf der Welt, bitte lass das Rezept genauso wie es ist", sage ich und drücke ihr ein Bussi auf die Wange. Max tut es mir nach und Papa sowieso. Mama freut sich, dieses Mal ist es uns gelungen, Johannas Light-Spatzl-Pläne eindrucksvoll zu durchkreuzen.

Ich meine, was soll das? Man bestellt sich ja auch nicht eine Sachertorte mit Diabetiker-Marmelade und Schlagsahne aus fettarmer Milch oder ein alkoholfreies Bier und einen Schnaps, weil man noch Auto fahren muss. Max und ich suchen und finden noch zahlreiche Beispiele, Johanna dampft ab und Papa und Mama sitzen in der Hollywoodschaukel, wie verliebte Teenager. Ich mache mich gegen halb elf Uhr auf den Nachhauseweg und schlafe binnen zehn Minuten beim Zappen auf meiner Ikea-Couch ein.

Kapitel 3

Am nächsten Tag werde ich von einem Teleshoppingkanal geweckt, unfassbar, welch sensationelle Angebote es dort gibt. Was mich aber hier am meisten belustigt, ist die grottenschlechte Synchronisation der Protagonisten. Egal, ich mache mich also auf den Weg, nicht ohne zuvor gründlich gefrühstückt zu haben. Man weiß ja nie, was kommt. Naja, Reporter in Syrien haben vermutlich einen unvorhersehbareren Tagesablauf als ich, aber sei es drum, ich frühstücke einfach für mein Leben gerne. Am liebsten mit frisch gepresstem Orangensaft, viel Speck und einem Laugenstangerl. Ich ernähre mich faktisch von Laugenstangerln, kann nicht mehr ohne sein; darum bin ich auch kein Reporter in Syrien. Bildungsauftrag hin oder her, Essen ist mir viel zu wichtig, als dass ich hier Experimente eingehen würde. Und hier in Kirchwaldhofen gibt es wie in Syrien auch ein autoritäres Regime, hier heißt es nur anders, nämlich Pfarrgemeinderat. In Gedanken versunken mache ich mich auf den Weg ins Büro, topfit und bestens gelaunt. Rosi ist schon da und wir schaffen es, früher als geplant unsere Zeitung fertig zu stellen und die Daten an die Druckerei zu übermitteln. Gut, das „Kirchwaldhofner Wochenblatt" ist jetzt nicht die New York Times, wir schreiben ja nicht in Englisch und erscheinen auch nicht täglich, aber wir sind stets bemüht, Hintergründe zu liefern – so banal oder trivial sie auch erscheinen mögen – wir nehmen Fakten ernst. Zufrieden blicke ich auf meinen Monitor, diese Woche konnte ich einen großen Kunden an Land ziehen; der Vertrag ist bereits unterschrieben. Es ist ja heutzutage nicht mehr so, dass man sich nur noch auf das Schreiben an sich fokussieren kann, man ist als Chefredakteur in einem großem Maße für das Werbevolumen seines Mediums verantwortlich. Das kann mitunter Probleme verursachen. Vergangenes Jahr inserierte die Metzgerei Kögl regelmäßig bei uns, zeitgleich mit dem hauseigenen Listerienskandal. Da musste ich natürlich zum Leidwesen des Metzgers Kögl darüber berichten, ob es ihm nun passte oder nicht, das ist mein Job. Er meinte, dass ich ihn sauber ruiniert hätte. Ich entgegnete ihm nur: „Wenn's bei dir sauber wäre, wäre doch alles in Ordnung." Sicherheitshalber gehe ich jetzt aber nicht mehr dorthin, und dass er nicht mehr bei uns inseriert, brauche ich wohl auch nicht zu erwähnen.

Kapitel 4

Rosi erinnert mich an den Termin mit den Seethalern um 16.00 Uhr. „Kommen beide? Karl und Liz? Ich dachte, sie lassen sich scheiden?" Ich war selbst verblüfft, dass ich diesen Klatsch und Tratsch wiedergab, den ich in der Bäckerei Sieberer aufgeschnappt hatte. Meine Sucht nach Laugenstangerln treibt mich wie einen Junkie jeden Tag dorthin. Hin und wieder sind die Laugenstangerln aus und ich muss ins Methadonprogramm, das heißt, man versucht mir Handsemmeln, Kornspitze und Weinbeerweckerln anzudrehen. Egal, jedenfalls habe ich das neulich mitbekommen, als die Anna Becker das lauthals einer Kundin mitteilte.

Die Anna Becker heißt natürlich nicht wirklich Anna Becker aber sie hat rote Haare, eine Besenkammer und – jetzt kommt's – sie spielt Tennis. Keine Ahnung, wer sich diesen Namen einfallen lassen hat, und so sehr ich mich dagegen wehre, ich finde es zugegeben schon sehr lustig und Anna Becker weiß ja nichts davon. Rosi schmunzelt und meint: „Vielleicht zieht die Liz ja weg von hier, in Kitzbühel hängen die Botoxnadeln ja faktisch auf den Bäumen, das muss ein Paradies für die Medusa sein." Ich lache in meine dritte Tasse Kaffee und bereite mich auf das Gipfeltreffen oder das Tribunal mit den Seethalern vor. Rosi spitzt Bleistifte, so als ob wir sie gleich wie Ninja Sterne als Waffen verwenden müssten und legt sie in unmittelbare Reichweite. Ich lade noch sicherheitshalber meinen Tacker, Rosi schmunzelt und stellt mir ihren vor die Nase: „Bitte einmal nachladen. Soll ich die Heißklebepistole zur Sicherheit holen?" Ja, wir haben uns eigentümliche Rituale vor solchen Meetings angewöhnt, zugegeben, aber mit einer gewissen Portion Humor ist sehr Vieles um Einiges erträglicher. Dennoch schaffe ich es, Rosi die Heißklebepistole auszureden, wir wollen ja nicht übertreiben. Rosi sorgt noch mal im Büro für Ordnung, denn Liz Seethaler dreht in der Regel komplett durch, wenn nicht alles pico bello ist. Das heißt, es soll kein Papier auf den Schreibtischen liegen, die

Mülleimer dürfen nicht gefüllt sein. Ihre Neurosen sind unergründlich und stark variabel. Punkt 16.00 Uhr erscheint Karl Seethaler ohne seine Frau und lässt sich müde auf einen Stuhl sinken. Seine Autorität ist spürbar, wenngleich er diese selten verwendet oder missbraucht. Rosi bringt ihm unaufgefordert einen Kaffee, er freut sich darüber.

Mit ruhiger Stimme sagt er: „Sie haben vermutlich schon die Gerüchte vernommen, meine Frau und ich lassen uns scheiden. Es ist jetzt nicht so, dass ich traurig darüber wäre, sie können von Beileidsbekundungen Abstand nehmen. Das Einzige, was uns in den vergangenen Jahren miteinander verbunden hat, ist unsere Tochter Alegra. Die ist jetzt mittlerweile 24 Jahre und jetzt ist es für mich an der Zeit, neue Wege zu gehen. Was jetzt Sie und das „Kirchwaldhofner Wochenblatt" betrifft, so wird sich in Zukunft meine Frau darum kümmern. Mein Anwalt hat mir dazu geraten, so Leid es mir für Sie tut – ich kenne ja meine zukünftige Exfrau am besten. Meine Frau ist jetzt die Eigentümerin und somit Ihre alleinige Chefin."

„Das war's", denke ich mir. Karl Seethaler redet noch weiter, aber ich nehme nichts mehr davon wahr. Wie in Trance stehe ich da, ich schaue zu Rosi, die mich apathisch anblickt. Jetzt sind wir im Arsch. Ohne Verschnaufpause fliegt die Tür auf und unsere neue Chefin kommt rein. „Wie schaut es denn hier aus, das ist ja ein Witz. Frau Rosi, haben Sie in der Waldorfschule, die sie besucht haben, nicht gelernt, wie man sich ordentlich kleidet?" Rosi entgegnet wutentbrannt: „Frau Seethaler, nein, das habe ich nicht. Ich war viel zu sehr damit beschäftigt, meinen Namen zu tanzen." „Na, das kann ja heiter werden", denke ich mir. Karl Seethaler hat in der Vergangenheit immer wieder ein Machtwort gesprochen und uns seine Gattin so gut es ging vom Hals gehalten.

Jetzt sind wir schutzlos, nein es gibt keine andere Umschreibung: „Wir sind im Arsch". Jetzt ist es soweit: Liz, Medusa, ADB ist unsere Chefin und uns wird klar, dass sie uns nicht den freien Handlungsspielraum ihres Exmann in spe geben wird. Karl Seethaler legt Wert auf wirtschaftliche Fakten, aber in die redaktionelle Arbeit mischte er sich bis dato nie ein, da es nicht sein Metier sei, wie er stets betonte. Um etwas Ruhe in die ganze Angelegenheit zu bringen, erwähne ich die Sache mit dem neuen Werbekunden und präsentiere beiden eine wirklich erfolgreiche Quartalsbilanz.

Mit wirklich erfolgreich meine ich, nicht so gefaked wie bei den Österreichischen Bundesbahnen. Karl Seethaler gratuliert herzlich und meint: „Herr Hofer, gute Arbeit, die Zeitungsbranche und die gegenwärtige wirtschaftliche Situation ist nicht einfach und trotzdem haben Sie die Zahlen aus dem Vorjahr um ein Drittel gesteigert." Er wird jäh von seiner Ex-ADB-Gattin unterbrochen: „Papperlapapp, Ihre Kunden, Herr Hofer, sind nicht en vogue, wir müssen hier etwas mehr Glamour reinbringen." „Wir verhandeln gerade mit Vivien Westwood, aber sie kann sich eine Einschaltung bei uns nicht leisten", entgegnet Rosi. „Ich brauche jetzt ganz dringend was zum Trinken, das ist ja nüchtern oder – egal in welchem Aggregatzustand – schwerlich auszuhalten."

Kapitel 5

Nach dem üblichen Bla bla mache ich mich auf den Nachhauseweg und dekantiere einen uralten Barolo, der mich heute wieder aufrichten muss. Ich suhle mich in Selbstmitleid, lege Tom Waits Platten auf, koche mir ein Risotto und beginne nach drei Minuten dekantieren den Barolo zu trinken. Besondere Tage erfordern besondere Maßnahmen und in diesem Fall muss es schnell gehen. Es klingelt resolut. Ja, manche Menschen schaffen es, selbst eine Türglocke resolut zu behandeln.

Es ist Traudi, meine gute Freundin aus Kindertagen. Ich glaube, dass wir im Kindergarten sogar mal eine kurze Liaison hatten. Traudi sagt immer, dass ich mich von ihr getrennt habe, weil Sabine Kogler Gummibären dabei hatte. Auch aus heutiger Sicht absolut nachempfindbar, ich war schon immer sehr auf das Essen fixiert. Traudi kommt herein, holt sich ein Saftglas aus dem Küchenschrank und gießt sich unaufgefordert meinen acht Jahre gelagerten Barolo ein! „Du säufst meinen Lieblingswein aus einem Colaglas", sage ich zu ihr und sie entgegnet: „Und du säufst deinen Lieblingswein aus einem mundgeblasenen Glas, mit der Gemeinsamkeit, dass wir beide den Wein saufen und nicht trinken." Traudi holt sich einen Teller und wir essen gemeinsam das Risotto, während ich ihr vom Medusa-Vorfall des heutigen Tages erzähle. Traudi meint „du bist im Arsch" und irgendwie kommt mir das alles sehr bekannt vor. Traudi ist Lebensmittelinspektorin, lesbisch und sie nimmt sich nie ein Blatt vor den Mund. Ich kenne viele Frauen, die einen schwulen besten Freund haben, ich hingegen habe eine lesbische beste Freundin, die meinen Wein nicht zu huldigen weiß und sich gerne von mir bekochen lässt. Sie hat ihre Wohnung direkt unter meiner, dennoch beschließt sie heute auf meiner Couch zu schlafen, da sie von der Risotto-Fressnarkose voll getroffen wurde. Das passiert im Übrigen gar nicht selten, hat so einen Ferienlagercharakter, lediglich, wenn wir beide Partner haben, was schon beidseitig eine Zeit lang her ist, unterlassen wir das Couching.

Kapitel 6

Am nächsten Tag sitzt Liz Seethaler bereits auf meinem Stuhl als ich das Büro betrete, Rosi schneidet Grimassen im Hintergrund, jetzt geht's los. „Als allererstes, Herr Hofer, wir brauchen mehr Style und Glamour im ‚Kirchwaldhofner Wochenblatt'. Darum werden wir eine Homestory über meinen Freund Harald Hurricane & The Accordion Twisters machen und über sein Open Air mit der Fanwanderung ausführlich berichten." Ich mache Liz Seethaler darauf aufmerksam, dass wir nicht die „Bunte" sind, zwecklos, sechs redaktionelle Seiten werden gestrichen und das „Shooting" mit Harald Hurricane & The Accordion Twisters ist bereits für heute Nachmittag angesetzt.

Harald Hurricane macht Schlagermusik und ist ein, wenn nicht der einzige Freund von Liz Seethaler; kein Wunder also, dass sie ihn fördern will. Ganz uneigennützig macht sie das natürlich nicht, sie besteht auf eine prozentuale Beteiligung seiner Konzerteinnahmen beim alljährlichen Open Air in Kirchwaldhofen. In den letzten Jahren wurde Harald Hurricane und seine Band „The Accordion Twisters", zu meinem Entsetzen, kommerziell durchaus erfolgreich. Er war so etwas wie ein aufstrebender Stern am Schlagerhimmel, der die Menschen mit Liedern wie „Nur du, du, du" und „1000mal geküsst …" in kollektive Ektase versetzt. Bei Interviews betont er immer, wie sehr er sich nach der wahren Liebe sehnt, vermutlich ist das auch der Grund, warum ihn so viele Frauen anhimmeln.

Keiner von uns hätte je gedacht, dass Harald Hurricane einmal den Schlagerhimmel erobern wird, er ist weder ein musikalisches Talent noch besonders scharfsinnig. Er ist vielmehr ein Frauenversteher, der es schafft, jeder Frau das Gefühl zu geben, dass sie die einzige, die wahre Liebe seines Lebens sei.

Zeitgleich löst er Muttergefühle, Schwiegermutterphantasien, generell jegliche ödipalen Phantasien bei den Frauen aus. Vergangenes Jahr kamen 20.000 Menschen zur Fanwanderung in Kirchwaldhofen, der Bürgermeister hyperventilierte fast und die Zapfanlage und die

Schnapsbar waren schnell wieder aufgestellt. Ich mache mich also auf den Weg, um die Homestory in Angriff zu nehmen, Rosi springt zu meiner Verwunderung auch ins Auto – ich sag ja, dieser Harald Hurricane ist ein Frauenversteher.

Wir erreichen das Haus, nein, das ist schon eher eine Mega-Villa, von Harald Hurricane und machen gleich ein paar Außenaufnahmen. Liz Seethaler ist zu meiner Verwunderung auch hier, wie schafft sie es bloß, immer so schnell und ohne Vorwarnung überall zu sein. Beamen? Zeitreisen? Ich gehe gedanklich ein paar Varianten durch, als ich abrupt eine Mitarbeiterschulung von Liz Seethaler erhalte. Sie erklärt mir, wie ich fotografieren muss und bittet Rosi die Hecke zu schneiden, damit das Anwesen besser zur Geltung kommt. Rosi verdreht die Augen, ich verdrehe die Augen, alles dreht sich. Ich kann Liz Seethaler davon überzeugen, dass die Hecke perfekt ist, Rosi zwinkert mir dankend zu und wir kommen ganz gut voran. Plötzlich kommt Harald Hurricane um die Ecke und begrüßt uns alle stürmisch. „So schön, dass ihr alle hier seid, fühlt euch wie zu Hause, meine Lieben." Er küsst Liz Medusa Seethaler auf die Wange und fragt: „Wie geht es meinem herzallerliebsten Patenkind Alegra?" Alegra, Medusas und Karl Seethalers Tochter, ist ein nettes und bescheidenes Mädchen.

Hin und wieder kommt Alegra nämlich im Büro vorbei, sie studiert in Innsbruck Kunstgeschichte und Biologie und ab und an verwendet sie unseren Drucker für Seminararbeiten oder was auch immer. „Alegra geht es bestens, sie hat gerade ein Praktikum in einer der angesagtesten Galerien in Berlin beendet, seit einer Woche ist sie wieder in Kirchwaldhofen und wir können gerne gemeinsam etwas unternehmen. Ich war gestern mit meinem zukünftigen Exmann essen, wir haben alles geklärt und ich werde mich zukünftig vermehrt um deine PR kümmern." „Wunderbar", entgegnet Harald Hurricane, ich fühle mich wie in einen Heimatfilm versetzt, fehlt nur noch, dass Sissy ums Eck geritten kommt und „Franzl" ruft oder dass der Forcher Sepp einen Dreigesang aus irgendeinem Seitental ankündigt. Irgendwie wirkt Liz Seethaler heute angeschlagen, sie wirkt müde und hat Schweißperlen auf der Stirn, versucht diese durch permanentes Abtupfen aber zu kaschieren. Ich frage sie, ob alles in Ordnung ist, sie schnauzt mich an: „Sehe ich alt aus, oder was? Im Gegensatz zu Ihnen arbeite ich nämlich, insofern kann es schon sein, dass ich mal müde ausschaue."

Ja, so ist sie, die Medusa. Man erkundigt sich ernsthaft nach ihrem Wohlbefinden und wird dafür blöd angemacht. Egal, ich mache also meine Bilder von Harald Hurricane, der wie ein afrikanischer Gutsherr in weißes Leinen gehüllt über seine Ländereien schreitet und immer wieder fragt „Schorschi, lässt mich dieses Licht nicht alt aussehen?" und „Sind meine Haare wirklich in Ordnung?" Ich versichere ihm, dass er „wunderbar" rüberkommt und dass die Bilder eine sensationelle Aura haben. Er freut sich darüber, nur Rosi bekommt einen Lachanfall hinter der Hecke – sie kennt mich einfach zu gut. Nachdem ich genug Bilder im Kasten habe, mache ich das Interview, d.h. ich versuche es. Liz Seethaler fragt mich: „Wo ist Ihr Fragenkatalog für das Interview"? Rosi prustet wieder hinter der Hecke los. „Frau Seethaler, den habe ich jetzt glatt daheim vergessen, jammerschade und dabei habe ich mich stundenlang auf das Interview vorbereitet. Jetzt muss ich in den sauren Apfel beißen und improvisieren." Rosi schnappt nach Luft und prustet weiter, das Leben in den Bergen ist wirklich nicht einfach. Ich beginne das Interview,

Harald Hurricane beteuert, wie sehr er seine Fans liebt, dass er noch Single und traurig ist, weil er seine Traumfrau noch nicht gefunden hat. Natürlich hat er all seine Lieder selbst geschrieben, Musik und die Fans sind das Allerwichtigste für ihn. Nebenbei kommt seine Assistentin vorbei und bittet ihn, ein paar Autogrammkarten zu unterschreiben. Er zischt sie an: „Den Dreck kannst du ohne mich machen, ich hab absolut keinen Bock, diese dummen Autogrammkarten zu unterschreiben!" Ja, die Fans sind ihm einfach das Wichtigste, sofern sie mit offener Geldtasche am Fanshop stehen und Eintrittskarten und CDs kaufen. Wir reden noch über das große Open Air, er spricht über seinen Einfluss auf das Nächtigungsvolumen der Region. Kirchwaldhofen ist schon seit Monaten ausgebucht, auch die angrenzenden Dörfer, ja sogar in Kufstein gibt es kein einziges freies Zimmer mehr. „Fans aus Holland reisen extra für mein Konzert an", meint er. Die kommen sicher mit ihren Wohnwägen, versorgen sich selbst und lassen vermutlich außer am Fanshop kein Geld hier. Natürlich hat er nicht Unrecht, sein Konzert spült viel Geld in die Kirchwaldhofner Kassen. Ganz davon abgesehen, darf man den Werbewert einer solchen Veranstaltung nicht außer Acht lassen. Keine Frage, über das Konzert und die Fanwanderung wird gerne berichtet, die Werbung für unsere Gemeinde ist unbezahlbar. Jeder versucht irgendwie mitzuverdienen, die Zapfanlage nebst Discozelt kommt einfach nicht zur Ruhe. Fakt ist aber auch, dass Harald Hurricane allmählich ein wenig größenwahnsinnig wird. Er hat bereits dieses große Baugrundstück in bester Lage von der Gemeinde für seine Dienste kostenlos erhalten, satte 3.000 Quadratmeter. Ganz abgesehen von seiner Gage, die für dieses Event 450.000 Euro beträgt. Das reicht ihm jetzt aber nicht mehr, er will weitere 5.000 Quadratmeter Bauland kostenlos dazu, sonst geht er woanders hin. Woher ich das alles weiß? In einem kleinen Dorf hat man überall Informanten, man kommt nicht daran vorbei, man muss sich an die sozialen Gepflogenheiten und Bräuche halten. Das Interview läuft ausgezeichnet, ich habe mehr als ich wissen wollte erfahren, kann sicher eine nette Homestory daraus machen, die die Leser ansprechen wird. Ich werde natürlich auch die Sache mit dem Baugrund ansprechen, das wird dem Bürgermeister, Harald Hurricane und Liz Seethaler gar nicht gefallen, aber was soll's. Ich bin Journalist und kein Mediator.

Kapitel 7

Im Büro angekommen, telefoniere ich noch mit ein paar Kunden und merke erst gegen 9 Uhr abends, wie schnell die Zeit vergangen ist. Hungrig mache ich mich auf den Weg zum „Neuwirt", dem Dorfgasthaus. Mein Bruder Max winkt mir schon von weitem zu, perfekt. Max erzählt mir von seinem Tag. Er ist Busfahrer und liebt seinen Job über alles. Manchmal denke ich mir, dass ich gerne etwas mehr wie Max wäre. Er ist vermutlich der ausgeglichenste und zufriedenste Mensch, den ich kenne. Ich habe ihn noch nie fluchen oder schreien gehört. Gut, das sagt man über viele Amokschützen auch, aber bei Max brodelt wirklich nichts im Inneren. Ich erzähle ihm von der Nacht mit Traudi, er amüsiert sich köstlich: „Wenigstens hast endlich wieder mal eine Frau über Nacht in deiner Bude gehabt". Jetzt muss ich auch lachen und bestelle mir ein Schnitzel mit Petersilienkartoffeln und ganz vielen Preiselbeeren. In der Nacht träume ich von einer Fleischkassemmel mit Senf und Pfefferoni, das ist sicher ein Zeichen und so mache ich mich frühmorgens auf den Weg zum Kaufladen meines Vertrauens. Ich weiß nicht wie es in anderen Gemeinden oder Städten üblich ist, aber in Kirchwaldhofen laufen alle Informationen zentral über die Wurstabteilung. Die Wurstabteilung ist der Schmelztiegel von Botschaften, sozusagen eine Kommandozentrale. Hier werden alle eingehenden Informationen aufgenommen, recycelt, aufgepäppelt und vor allem multipliziert. „Griasti Schorschi", schreit mir Hertha, die Eigentümerin, entgegen. „Hast schon gehört, deine Chefin und ihr Mann oder Exmann haben sich vorgestern übelst gefetzt im noblen Gasthof Neururer." „Jetzt ist mir auch klar, warum sie gestern so mitgenommen ausgeschaut hat", denke ich mir. Ich will mich aber am weiteren Klatsch und Tratsch nicht beteiligen und lege meinen Fokus ganz auf den Duft der Fleischkassemmel, ein Wahnsinn.

Ich bestelle auch gleich für Rosi eine mit, die wird sich freuen. Der Vormittag vergeht wie im Flug, um die Mittagszeit mache ich mich auf den Weg zu einem Interview. Das könnte ich theoretisch auch telefonisch machen, aber hin und wieder bin ich schon ganz froh, wenn ich mal raus komme und mich bewegen kann. Ich freue mich auf meinen Interviewpartner, den Sepp Kofler, Chef des Recyclinghofes in Kirchwaldhofen. Sepp ist mit meinem Bruder in die Schule gegangen und wir treffen uns öfters beim „Neuwirt" auf einen Ratscher.

Kapitel 8

Versunken in Gedanken gehe ich gerade über den Dorfplatz, als laute Motorengeräusche mich abrupt aus meinem Sog ziehen. Ich drehe mich um und sehe ein uraltes feuerrotes Ford Mustang Cabrio. Zu meiner Verwunderung erblicke ich Karl Seethaler am Steuer, eine junge Frau, kaum älter als seine Tochter schmiegt sich an seine Schulter. Er parkt dieses („mein") Traumauto neben mir und meint: „So gut gings mir schon lange nicht mehr. Das Einzige, das ich bereue, ist, dass ich nicht früher die Scheidung eingereicht habe. Für Sie - Herr Hofer tut es mir natürlich leid, jetzt haben Sie meine baldige Exfrau am Hals." Ich kann es immer noch nicht glauben, dass der Seethaler Karl ein Ford Mustang 289 Cabrio hat, tippe auf das Baujahr 1968, was er mir anerkennend bestätigt. Die Mieze im Auto kann und wird ersetzt werden, aber das Auto, das Auto ist wahre Liebe. Karl Seethaler freut sich, dass ich von seinem Boliden so angetan bin und wir werfen einen Blick unter die Motorhaube, ein Wahnsinnsteil. Ich müsste zum Tanken meinen Bausparvertrag auflösen, aber das wäre es wert. Wir reden über das Auto, nein wir reden sogar mit dem Auto, auch er vergisst kurzzeitig seine neue Mieze, die schmollend auf dem Beifahrersitz sitzt. Das hat sich das Auto nicht verdient. Ganz euphorisch meint Karl

Seethaler: „Jetzt, wo ich den Fängen meiner Frau entkommen bin, weißt du was, nenn mich einfach Karl." Ich sage: „Gerne, ich bin der Schorschi." Karl meint, dass wir darauf anstoßen müssen, ich rufe Sepp an, dass ich etwas später komme. Wir gehen also zum Neuwirt, zweifelsfrei ein Etablissement, in dem Karl Seethaler in der Vergangenheit nicht anzutreffen war. Die Mieze wirkt genervt, er gibt ihr seine Kreditkarte und schickt sie zum Shoppen, was ihr Gemüt ein wenig aufheitert. Ich bestelle ein Schwammerlgulasch mit Semmelknödel, er entscheidet sich für einen Schweinsbraten und ein kleines Bier darf natürlich auch nicht fehlen. Karl erzählt, dass ihm Medusa nie erlaubt hätte, eine solches Auto zu kaufen, da es zu wenig standesgemäß sei.

Er redet und trinkt sich in einen richtigen Schwall, meint, dass seine baldige Exfrau ihn finanziell so richtig über den Tisch gezogen hat, immer damit gedroht hat, sich umzubringen – solange, bis er einfach nicht mehr konnte und wollte. „Schorschi, du hast keine Ahnung, wie sehr ich diese Frau mittlerweile hasse. Mich nervt, wie sie geht, wie sie schaut, wie sie eine Tasse auf den Tisch stellt, einfach alles an ihr. Egal, was ich in der Vergangenheit gemacht habe, wie viel Geld ich nach Hause gebracht habe, welche Träume ich ihr erfüllt habe, sie hat mich immer auf ihre subtile Art und Weise denunziert. Ich habe alles versucht, aber jetzt ist Schluss. Für dich tut's mir natürlich leid, weil ich dir beruflich nicht mehr helfen kann." Ich frage ihn, ob die Scheidung denn schon durch sei, er verneint und sagt: „Aber bald, bald, bald." In mir flackert noch ein letzter Hoffnungsschimmer auf, noch ist juristisch nichts besiegelt, für Rosi und mich besteht noch ein Funken Hoffnung. Ich frage Karl, warum seine Ex an den Konzerteinnahmen von Harald Hurricane beteiligt ist, immerhin hält sich ihr Aufwand in Relation mit den Einnahmen in Grenzen. „Da blicke ich schon lange nicht mehr durch", meint Karl, „keine Ahnung, wie sie ihn manipuliert hat. Kann auch sein, dass sie ihm etwas versprochen hat, die beiden kennen sich seit Jahren. Er ist vermutlich neben unserer Tochter der einzige Mensch, der meine Frau annähernd mag, warum, weiß der Teufel." Jetzt kommt die Mieze mit sechs Einkaufstaschen zu unserem Tisch, das Gespräch wird durch ihre Anwesenheit jäh gebremst, Karl übernimmt die Rechnung und wir gehen getrennte Wege. Noch ein letzter Blick auf mein Traumauto, ein Wahnsinn. Die Unterhaltung mit Karl lässt mich nicht los. Wie kann man seinen Alltag mit einem Menschen bestreiten, den man hasst? Wie kann man neben jemandem schlafen und – noch viel schlimmer – frühstücken, den man nicht mag? Für mich wäre das nichts, da bin ich lieber alleine.

Kapitel 9

Ich mache mein Interview mit dem Kofler Sepp, ein guter Kontrast zur Homestory mit Harald Hurricane. Nachdem einige Tage verstreichen und ich wieder einmal sämtlichen kulinarischen Gelüsten nicht widerstehen konnte und wollte, plagt mich das schlechte Gewissen. Ich packe mein Mountainbike und fahre gemütlich den Inn entlang nach Kufstein. Keine Ahnung, warum ich ein Mountainbike habe, ich fahre lieber die holländischen Strecken, am liebsten gerade und ohne einen Höhenmeter Steigung. Aber natürlich will man dabei professionell ausschauen. Mein Outfit ist perfekt abgestimmt, ich könnte kleidungstechnisch jederzeit an der Tour de France teilnehmen. Topmodernes Trikot, sündteurer Helm, nur mit den Clips habe ich so meine Probleme.

Ich kann faktisch nirgendwo stehen bleiben, weil ich tendenziell umkippe. Aber wenn ich erst mal in Fahrt bin, wie gesagt, schaut das schon sehr professionell aus. Auf dem Nachhauseweg lege ich einen Boxenstopp bei meinen Eltern ein, es ist Montag und ich will unser allwöchentliches Ritual nicht versäumen. „Griasti Schorschi, bist du heute fesch", sagt die Mama und gibt mir links und rechts ein Bussi: „Geh bitte, sei so lieb und bring mir eine Schüssel für den Salat." Ich finde keine, zumindest nicht dort, wo sie bis dato immer waren. Endlich in der Stube finde ich eine Schüssel. Ich mache mich gleich daran, den Tisch zu decken.

Allmählich trudeln alle ein, Mama kommt aus dem Keller und schreit „Schorsch! Bist du wahnsinnig! Du hast den Salat in meine Klangschale getan!" Mein Bruder Max bricht nieder und meint:„Wie die jetzt wohl klingen wird?" Ich tippe auf Dolbysurround, ich kann nicht anders, ich muss herzhaft lachen, sogar meiner Schwester Johanna lächelt. Nur meine Mama schmollt vor sich hin, erst als mein Vater den Klöppel an die Schale schlägt, kann sie auch nicht mehr anders, sie bekommt einen Lachanfall, der gar nicht mehr aufhören will.

Kapitel 10

Am nächsten Tag im Büro fliegt gegen zehn Uhr die Tür auf: „Houston, wir haben ein Problem", denke ich, die Medusa ist eingetroffen. Als allererstes werde ich darauf hingewiesen, dass es ab heute in der Redaktion eine Kleiderordnung gibt. Montags, mittwochs und freitags elegant, dienstags leger und donnerstags in Trachtenmode. Rosi schnaubt und ich dieses Mal auch. „Frau Seethaler, jetzt reichts! Wir lassen uns von Ihnen nicht vorschreiben, in welcher Kleidung wir unseren Job machen. Unsere Kleidung hat keinen Einfluss auf unsere redaktionelle Leistung, wenn Sie uns konstruktives Feedback geben wollen, gerne, aber das hier geht eindeutig zu weit", halte ich ihr entgegen. Ich bin richtig sauer, das bin ich selten. Ich bin so in Fahrt, dass Liz Seethaler keine Möglichkeit findet, sich einzubringen. Als ich fertig bin, blickt mir Liz Seethaler in die Augen und sagt: „Sie müssen hier nicht arbeiten, wenn es Ihnen hier nicht passt." „Das stimmt", entgegne ich, „aber noch sind Sie nicht geschieden und haben das nicht zu bestimmen." Da lobe ich mir meinen Informationsvorsprung, denn Karl Seehofer ist noch immer als Herausgeber eingetragen. „Das werden Sie bereuen, suchen sie sich ruhig schon mal einen neuen Job, Herr Hofer." Rosi will sich einmischen, ich gebe ihr ein Zeichen, dass sie es nicht tun soll. Ich will nicht, dass sie aus Loyalität Dinge sagt, die sie ihren Job kosten könnten. Aber es wäre nicht Rosi, wenn sie sich an meine Anweisungen halten würde. „Das Seminar zur Mitarbeiterführung haben sie vermutlich bei Humboldt gemacht?" meint Rosi trocken, ich muss schmunzeln, wenngleich ich weiß, dass Rosi sich hiermit mit mir aufs Abstellgleis gestellt hat. „Frau Rosi, ich brauche wohl nicht zu erwähnen, dass für Sie dasselbe gilt? Sobald diese Formsache abgewickelt ist, schmeiße ich sie beide raus." Mir fällt auf, dass Medusa schwitzt und mitgenommen aussieht. Schwer vorstellbar, dass sie dieser kleine Disput mitgenommen hat. Gut, jetzt ist es nicht so, dass ich geschockt bin, das ist ja auch nicht das erste Mal, dass mich Medusa gekündigt hat. Für mich ist es die vierte, für Rosi die zweite Kündigung, schön langsam bekommen wir Routine darin. Sie verschwindet in ihr Büro und eine Viertelstunde später erhalten Rosi und ich folgendes Mail:

Herr Hofer, Frau Geiger!

Sie beide sind hiermit entlassen. Ihre optische Erscheinung (ich meine Sie beide) beleidigt meine Augen und Sie verfügen über keine Klasse (ich meine Sie beide).

Best Regards,
Liz Seethaler

Allmählich werden Medusas Ausbrüche pathologisch, denke ich mir, und die nächste Viertelstunde bin ich damit beschäftigt, Rosi davon abzuhalten, zurück zu mailen, ihre Heißklebepistole zu laden, generell

– ich muss Ruhe in diesen Zirkus bringen. In der Mittagspause rufe ich Karl an, schildere ihm kurz die Situation und erkundige mich, wie lange es dauert, bis die Eigentumsverhältnisse geklärt sind. „Schorschi, keine Angst, vermutlich hat meine baldige Ex wieder einen ihrer Anfälle, da kannst du machen, was du willst, es wird ihr nie genügen. Kann aber sein, dass morgen wieder alles wunderbar und bestens ist und du Mitarbeiter des Monats wirst. Ich wollte mich eigentlich einvernehmlich trennen und ihr 50 Prozent von allem geben, jetzt besteht sie auf 60 Prozent und auf den Mustang. Das ist reine Schikane und ich fahre jetzt alle Geschütze auf. Ich war vor ein paar Tagen mit ihr essen und ich habe ihr das genauso gesagt. Das ist jetzt Scheiße für mich, aber gut für dich. Ich wollte mich eigentlich aus dem Zeitungsgeschäft zurückziehen, aber da die Situation jetzt anders ist, kann ich mit ruhigem Gewissen eure Kündigungen aufheben. Meine Sekretärin wird sich diesbezüglich bei euch melden, ich werde das gleich veranlassen. Jetzt muss ich aber los, ich treffe mich mit meiner Tochter zum Mittagessen." Ich bedanke mich bei Karl, zugegebenermaßen fällt mir jetzt doch ein Stein vom Herzen. Mein Job macht mir nämlich wirklich Spaß, ich liebe meinen kleinen urbanen Mikrokosmos, vor allem aber liebe ich die Berge. Vor einigen Jahren habe ich an einem Schreibwettbewerb teilgenommen, den ich zu meiner großen Verblüffung sogar gewonnen habe. Damit verbunden war ein dreimonatiges Praktikum bei einer renommierten Tageszeitung in Wien. Der Job machte mir großen Spaß, schon bald wurden meine Artikel gedruckt, was vor allem meine Mama sehr freute.

Man wollte mich dort fix anstellen, was in der Zeitungsbranche nicht selbstverständlich ist. Mein Verstand hat sofort „JA, YES, SI, OUI" gebrüllt, auch die Vernunft war fast schon euphorisch „GO FOR IT, SCHORSCHI", da meldete sich plötzlich mein Herz und piepste „Ich hab Heimweh." Rückblickend nenne ich es das „Heidi-Dilemma". Diese verdammte Kuh, die in Frankfurt immer weinte und stets Sehnsucht nach ihrem störrischen Opa hatte. Diese Globalisierungsgegnerin der ersten Stunde, diese Streberin, die nur heimische Produkte konsumierte und autark lebte, ja mit solchen Serien wuchs ich auf und zugegeben, ich fühlte mich in Wien nicht wohl. Diese Stadt voller Tretminen oder Hundekot, dieser Dialekt und diese schleimige Höflichkeit, ja da hatte ich so meine Probleme. Aber am meisten vermisste ich die Berge.

Ich habe also den investigativen Journalismus abgesehen vom Listerien-Skandal beim Metzger Kögl weitgehend hinter mich gelassen und bin damit nicht unglücklich. Mein Bruder Max sagte damals zu mir: „Schorschi, du kannst als Journalist nicht hier bleiben. Das ist so, als ob man sich wundert, warum man als Meeresbiologe in Tirol keinen Job findet." Max, der alte Haudegen, der nicht mal gerne auf Urlaub fährt, wollte mich damals in die große Welt schicken. Rosi reißt mich unsanft aus meinen Gedanken: „Was sagt der Seethaler Charles? Ich habe nämlich gerade ein Mail bekommen von seiner Sekretärin." Wunderbar, auf den Karl ist eben Verlass, er hat unsere Kündigungen tatsächlich aufgehoben. Ich verbringe die restliche Mittagspause mit Rosi und bläue ihr ein, dass wir in beidseitigem Interesse so diplomatisch als möglich agieren müssen. Sie sagt nur „Bäh" und fünf Minuten später: „Du Schorschi, ich muss heute etwas früher gehen, ich muss zum Tätowierer." Soviel zu meiner natürlichen Autorität. Die Medusa hat sich in ihrem Elfenbeinturm verschanzt und führt den ganzen Nachmittag lautstarke Gespräche. Sie erledigt einige Telefonate – auch mit ihrem Mann oder Exmann in spe. Zwischenzeitlich schnaubt sie kurz durch das Büro und nennt mich im Vorbeigehen einen Weichling, der nichts vom Journalismus versteht. Ich schlucke es runter, versuche es zu ignorieren, was Medusa wiederum dazu veranlasst, noch öfter an meinen Schreibtisch zu pilgern und mir Kanzelpredigten zu halten. Der Monitor dient als Schutzschild hinter dem ich mich immer tiefer vergrabe, wo bleibt eigentlich Amnesty International, wenn man sie einmal dringend braucht? Ich rufe sogar die Wetterauskunft an und simuliere ein Telefonat, schon erbärmlich und lange kann das so nicht mehr weitergehen. Zugegeben, ich bin mit meinem Latein allmählich am Ende. Ich habe es nett versucht, sachlich, ernst, pointiert und verständnisvoll stets mit dem gleichen Resultat – nämlich Irrsinn. Sie diktiert jetzt Rosi ein Mail, das eher an eine Ansage in der Volksschule erinnert. Warum sie ihre Nachrichten nicht selbst verfassen kann, ist mir schleierhaft, vermutlich will sie uns mitteilen, wie die Welt aus ihrer Sicht funktioniert.

Kapitel 11

Ich vernehme ein leises Klopfen, Alegra steht schüchtern vor der Tür, ich bitte sie herein. Es ist mittlerweile schon einige Zeit verstrichen, seit ich sie das letzte Mal gesehen habe, aber eines ist sicher, sie ist noch schöner geworden. Sie ist eine dieser Schönheiten, die gar nicht wissen welche Wirkung sie auf Menschen haben. Vielleicht liegt die Faszination gerade darin. In ihren großen rehbraunen Augen sehe ich so gar keine Ähnlichkeit mit ihrer Mutter, die im Hintergrund Rosi zur Schnecke macht. Alegra gibt mir die Hand und sagt: „Schorschi, wie geht es dir? Ich habe dich mit deinem Fahrrad gesehen, sah sehr professionell aus." Sie schmunzelt dabei. Schlagartig merke ich, wie sich all mein Blut in meinem Kopf ansammelt: „na bravo". Alegra nimmt Platz, während ihre Mutter im Hintergrund poltert. „Du musst noch ein bisschen auf mich warten, hier läuft leider gar nichts ohne mich." Scheu blickt sie mich mit ihren Rehaugen an, während sie sagt: „Sie meint das nicht so. Die Scheidung und das alles ist im Moment einfach zu viel für sie." Ich erkundige mich, wie es ihr dabei geht, sie blickt traurig ins Leere und meint: „Es ist nie leicht, wenn Eltern sich trennen, aber ich komme damit klar. Ich bin jetzt 24 Jahre und ich lebe mein eigenes Leben."

Ich könnte ihr stundenlang zuhören, sie könnte mir die Gebrauchsanweisung eines Staubsaugers vorlesen, egal, ich würde ihr angetan zuhören und mich in ihren tiefen braunen Augen verlieren. „Darf ich dir etwas anbieten, möchtest du ein Laugenstangerl?" Alegra verneint freundlich: „Danke, das ist sehr lieb von dir, aber ich war heute Mittag üppig mit meinem Vater essen und habe im Moment gar keinen Hunger." Es ist schon erstaunlich, wie ein solch höfliches, bescheidenes, wunderschönes Mädchen eine solche Mutter haben kann. Diese rückt sich gerade ihren Poncho zurecht und wirft ihre Handtasche über die Schulter. Alegra blickt sie ernsthaft an und sagt: „Mama, ist alles ok mit dir, du siehst müde aus." Sie sagt, das liege nur an der Inkompetenz ihrer Mitarbeiter. Alegra legt ihr fürsorglich die

Hand auf die Schulter und meint: „Jetzt fahre ich dich nach Hause und lasse dir ein Entspannungsbad ein." Minutenlang starre ich noch auf die bereits geschlossene Tür, da haut mir Rosi unsanft ihren Spitzer an den Kopf: „Mags't a Laugenstangerl? Diese Anmache muss ich mir unbedingt merken, bist damit schon einmal gelandet?"

Ich sage nur: „Reiß dich zusammen!". Ich weiß aber nicht, ob ich Rosi oder mich selbst damit meine.

Kapitel 12

Ich klingle bei Traudi an der Tür und wenig später sitze ich in ihrer Küche und sage nur: „Scheiß Weiber." „Wem sagst du das?" entgegnet Traudi und blickt mich dabei schmunzelnd an. „Komm Schorschi, du musst mal wieder was unternehmen, was hältst du davon, wenn wir noch rasch ins Kaisertal wandern?" Sie hat ja Recht, es ist noch nicht spät und so wandern wir gemütlich in das wohl schönste Tal der Welt. In dieser wunderschönen Kulisse sieht die Welt gleich anders aus, alles relativiert sich und ich bin Traudi dankbar für diesen Arschtritt. Wir essen im Gasthof Veitenhof auf der Sonnenterasse zu Abend und genießen unsere Zweisamkeit. Traudi hat sich vor einiger Zeit geoutet, sie geht sehr offen damit um, lesbisch zu sein. In einem kleinen Dorf wie Kirchwaldhofen macht so was natürlich gleich die Runde, immer hinter ihrem Rücken und wenn sie direkt angegriffen wird, dann nur von Besoffenen. Nüchtern haben diese Trottel, ich kann sie nicht anders bezeichnen, nicht den Mut das Maul aufzumachen, sie trauen sich selbst besoffen nur in Rudeln was zu sagen. Ich habe ein Problem mit so viel Engstirnigkeit und Intoleranz, einmal habe ich sogar meine wöchentliche Kolumne diesem Thema gewidmet. Ich erzähle Traudi von den jüngsten Medusa-Entwicklungen, den Teil mit Alegra lasse ich sicherheitshalber aus. Sie hört mir angespannt zu und unterbricht mich, als ich ihr erzähle, dass Medusa neuerdings schlecht aussieht und etwas kurzatmig ist. „Das ist interessant", sagt Traudi, „ich habe sie gestern bei der Becker Anna getroffen, sie ist direkt vor mir gestanden und wenn ich es mir recht überlege hast du vollkommen recht, sie sah richtig fertig aus.

Sie meinte jedenfalls, dass sie hier geschultes Personal vermisse, danach sagte sie, dass sie diese grausamen Brezen nur kaufe, weil sie ihrer Tochter schmecken. Die Becker Anna war ziemlich sauer, wie du dir sicher vorstellen kannst. Fakt ist, dass du Recht hast, sie sieht irgendwie anders beziehungsweise schlecht aus. Vielleicht setzt ihr der Scheidungsstress doch mehr zu, als sie zugibt." Ich unterbreche Traudi abrupt: „Jetzt reden wir mal was Anderes, habe keinen Bock mehr, über diese Wahnsinnige nachzudenken", merke ich an. „Stimmt", sagt Traudi, „das kannst du morgen immer noch machen, du kannst ja in deiner nächsten Kolumne über Mobbing oder Psychosen schreiben." Gar keine schlechte Idee. Der Kellner bringt einen Obstler aufs Haus und ich sag nur „Trau di – Traudi" und schon ist das Glas leer.

Kapitel 13

Am nächsten Tag bekomme ich ungewohnt viel Feedback für meine Harald Hurricane Homestory. Vor allem sein Wunsch – oder vielmehr seine Bedingung – nach einem zusätzlichen kostenlosen Baugrund, sorgt in der Bevölkerung für Aufruhr. Der Bürgermeister ruft mich sofort an und will wissen, warum ich diese längst intern abgewickelte Geschichte aufbringe. „Nur, weil es intern abgewickelt ist und durch den Gemeinderat genehmigt wurde, heißt das nicht, dass die Bewohner von Kirchwaldhofen kein Recht darauf haben, diese Information zu bekommen", rechtfertige ich mich.

Das ist wieder mal typisch. Man versucht, hier faktisch alles intern zu regeln, von direkter Demokratie ist Kirchwaldhofen so weit entfernt wie Heinz Christian Strache von einer Auszeichnung für seine Verdienste für die Integration. Dementsprechend turbulent geht es den ganzen Tag über zu. Rosi ist permanent am Telefon, ich erledige Papierkram und nebenbei schreibe ich noch ein paar Artikel. Medusa kommt natürlich auch vorbei und echauffiert sich über meinen Artikel. Sie verwendet Wörter wie „ungeheuerlich" und „impertinent" – egal, jedenfalls fällt mir wieder auf, wie abgearbeitet und müde sie ausschaut: „Alles in Ordnung mit Ihnen, Frau Seethaler, ist Ihnen heute nicht gut? Sie sehen bleich aus." „Lenken sie hier nicht vom Thema ab, Herr Hofer, ich habe Sie eindeutig dazu aufgefordert, eine Homestory zu schreiben und was machen Sie?" Ich schalte mein Hirn auf Standby und tue so, als ob ich zuhören würde. Hin und wieder nicke ich, manchmal sage ich „Mmhm" oder „Aha", während ich darüber nachdenke, ob ich die Mama mal wieder zum Bügeln zu mir einladen soll und wohin ich am Wochenende mit dem Motorrad fahren kann. Nach circa zehn Minuten brüllt Medusa: „Ist das jetzt klar?" Ich habe keine Ahnung, was klar sein soll, ist mir auch egal, und ich sage „Selbstverständlich." Rosi schmunzelt im Hintergrund und Medusa erlöst uns, denn sie hat heute noch einen Termin.

Wunderbare Ruhe macht sich breit, die Telefoneuphorie scheint abzuebben, jetzt resette ich einfach den Tag und fange nochmal von vorne an. „Finde ich ja gar nicht Schorschi-like, dass du dich bei Harald Hurricane entschuldigen gehst", sagt Rosi, ich schaue sie entsetzt an. „Scheiße", habe ich dazu jetzt „Selbstverständlich" gesagt? Ich habe nicht zugehört was sie wollte, war in Gedanken mit meinem Motorrad unterwegs." „Na, ich würde mal sagen: Mit dem kannst ja gleich einen Ausflug zu Harald Hurricane machen." Das ist jetzt natürlich eine blöde Angelegenheit, weil ich einerseits keinen Grund sehe, mich dafür zu entschuldigen, dass ich meinen Job mache, und weil es andererseits einfach ein weiteres unnötiges Kasperltheater auf der nach oben offenen Richterskala ist.

Kapitel 14

Ich schlendere ich durch Kirchwaldhofen, das heißt, ich versuche es. Es ist nämlich gar nicht mehr leicht sich hier in Ruhe fortzubewegen. In Kirchwaldhofen herrscht Ausnahmezustand, in sieben Tagen findet das Konzert mit Harald Hurricane und den Accordion Twisters statt und bereits jetzt bevölkern die Hardcore-Fans unsere idyllische Gemeinde. Sie treten in Rudeln auf, fotografieren in japanischer Manier jeden Hydranten und sorgen dafür, dass meine täglichen Rituale nunmehr von Tag zu Tag länger dauern. Ich gehe zur Anna Becker, acht Fans stehen vor mir in der Schlange, und jetzt kaufen die tatsächlich sämtliche Laugenstangerln. Mir reichts jetzt und ich brülle lauthals: „Bitte, ein Stangerl könnt ihr aber schon noch für mich übrig lassen!" Da entgegnet mir eine ältere Dame mit Hut: „Junger Mann, es sind doch noch genug Kaiserbrötchen und Quarktaschen hier." Jetzt reichts aber: „Hier gibt's keine Kaiserbrötchen und Quarktaschen sondern nur Semmeln oder Topfengulatschen." Ich meine, was soll das, wenn ich in ein anderes Land fahre, dann versuche ich mich auch ein wenig auf die kulturellen Gepflogenheiten einzulassen. Fakt ist, in Österreich disqualifiziert man sich, wenn man zum Beispiel „O-Saft", „Tüte" oder „Schemie" statt Chemie sagt. Da kannst du machen, was du willst, solange du „Tschüssi" sagst, wird dich hier keiner vermissen. Hier in Tirol ist das vielleicht noch dramatischer, unser Dialekt ist sehr hart, aber herzlich. Tendenziell betonen wir das „k" ungemein brutal, was aber viele Leute nicht davon abhält ihre Kinder mit hippen Namen zu versorgen. Die Tochter vom Metzger Kögl heißt zum Beispiel Shakira Kögl, deren Bruder wiederum hat den namenstechnischen Jackpot geknackt, er heißt Kevin-Kurt Kögl, na bravo.

Das Schönste an diesem Vornamen ist aus meiner Sicht der Bindestrich in der Mitte. Der mittlerweile pubertäre Spross des Metzgers nennt sich übrigens selbst Butch Kögl in Anlehnung an Butcher, also Metzger. Naja für mich wäre das nichts, ich bin schon zufrieden damit, der Schorsch zu sein, wahlweise mit „i", je nach Stimmung meines Gegenübers. Mittlerweile sind die Laugenstangerlzecken wieder abgedampft und die Becker Anna sagt: „Schorschi, mach dir keine Sorgen, ich hab dir schon ein paar beiseite getan." Sie gibt mir mein Sackerl und ich kann nicht anders, ich gebe ihr ein Bussi. Ich fühle mich, als ob ich eine extra Portion Methadon erhalten hätte.

Ich sage ja, mein Suchtverhalten nimmt allmählich komplexe Formen an. Die Becker Anna wird rot, ich auch, deshalb beschließe ich, die Situation aufzulockern, indem ich verschwinde. Zurück im Büro hat sich nichts Signifikantes geändert. Medusa telefoniert oder besser gesagt, sie könnte eigentlich regionale Telefonate locker durch das Öffnen des Fensters erledigen, so laut schreit sie herum. Rosi wirkt äußerst beschäftigt und gestresst, sie bereitet gerade ein Gewinnspiel mit inkludiertem „Meet and Greet" mit Harald Hurricane vor. Wir beide haben schon damit gerechnet, dass die Resonanz darauf groß sein würde aber auf einen solchen Ansturm waren wir nicht vorbereitet. Dabei war das Ganze noch nicht mal veröffentlicht. Ich will mir gar nicht ausmalen, was hier los ist, wenn die Zeitung im Umlauf ist. Die Gerüchte kamen natürlich durch Harald Hurricane in Umlauf, er ist halt ein alter Fuchs, der weiß, wie man seine Fans bei Laune hält. Generell inszeniert er sich meisterhaft, taucht immer wieder kurz im Dorf auf und gibt seinen Fans so das Gefühl, dass er einer von ihnen ist, der bodenständig lebt und die wahre Liebe sucht.

Auf der anderen Seite kann man dem aber auch entgegenhalten, dass er für das viele Geld auch eine gewisse Leistung erbringen muss. Weiters glaube ich, dass ihm diese, aus meiner Sicht fragwürdige Anhimmlung der Fans auch gefällt. So bin ich nicht weiter verwundert, dass ich ihm auf dem Weg zu einem Termin fast in die Arme laufe. Er trägt eine Föhnwelle der Extraklasse und sein Sakko sieht so aus, wie ich mir eine LSD-Vision vorstelle. Naja, in jedem Fall sehr bunt. Ich glaube sogar, dass er geschminkt ist – das Leben in den Bergen ist echt nicht einfach. „Schorschi, ich habe deinen Artikel gelesen, musstest du das mit dem Baugrund erwähnen? Ich glaube nicht, dass das die Leute etwas angeht", ruft er mir entgegen.

Ich gebe ihm die Hand und sage: „Lassen wir das die Leute doch selber entscheiden, immerhin gehört der Grund der Gemeinde, somit auch ihren Leuten", antworte ich. In der Zwischenzeit sind wir von ein paar Fans umstellt, die Frau mit Hut ist auch da. Harald meint: „Ich liebe deine erfrischende Art, die Welt verbessern zu wollen, aber ich mache das Ganze doch nur für meine Fans." Dabei schaut er sie an, als ob er es wirklich ernst meinen würde. Die Frau mit Hut zittert, sie ist kurzatmig und zu nervös ihre Kamera einzuschalten. Sie sagt zu Harald Hurricane: „Darf ich Sie anfassen?" Jetzt kann ich mich nicht mehr zurückhalten und lache vollends drauf los: „Soll ich ein Foto von Ihnen und unserem Superstar machen?" Sie nickt außerstande sich zu artikulieren und erleichtert: „Das Ganze kostet sie nur ein Laugenstangerl, dafür lade ich Sie morgen auf ein Kaiserbrötchen ein." Sie gibt mir wütend das Sackerl und ich mache das besagte Bild. Als ich ihr die Kamera zurückgebe zischt sie mich an und sagt: „Sie Schmierfink!" Harald Hurricane schaut mich erhaben an, die Dame mit Hut tut ihm scheinbar gut.

Er meint noch: „Bitte richte Rosi aus, dass ich mich bezüglich des „Meet and Greet" mit ihr in Verbindung setzen werde, die Gewinner werden einen unvergesslichen Tag erleben", sagt Harald Hurricane und schaut der Frau mit Hut dabei tief in die Augen. Die kollabiert fast vor Aufregung, sie schaut ihn an und fragt ihn noch einmal mit zittriger Stimme: „Darf ich Sie berühren, Herr Hurricane, ich liebe Sie." Oh, mein Gott, ich haue jetzt besser ab, bevor ich auf den Randstein kotze. Die spinnen doch alle hier – „Darf ich sie berühren?" – gebt ihm doch Wasser, vielleicht macht er Wein daraus. Peinlich berührt vom Fremdschämen ziehe ich weiter, dabei merke ich, dass Kirchwaldhofen im Ausnahmezustand ist. Hektisch werden noch Fassaden gestrichen, Blumen gepflanzt und Haupt- und Nebenbühnen errichtet. Dem Bürgermeister liegt sehr viel daran, dass Kirchwaldhofen von seiner schönsten Seite präsentiert wird, sogar der Landeshauptmann hat sein Kommen angekündigt.
Eines steht außer Frage: Harald Hurricane ist sicher am Zenit seines Erfolges, er hat als einfacher mittelloser Alleinunterhalter angefangen, solche Geschichten verkaufen sich einfach gut. Ironischerweise sind Medusa und Karl Seethaler an seinem Erfolg nicht unbeteiligt. Es war

nämlich so, dass bei deren Hochzeit der Sänger kurzfristig ausgefallen ist, so wurde Harald Hurricane engagiert. Medusa war natürlich nicht angetan, machte aber gute Miene zum bösen Spiel und so kam es, dass Harald Hurricane zur richtigen Zeit am richtigen Ort das Richtige tat. Den Künstlernamen Harald Hurricane hat er übrigens Karl Seethaler zu verdanken, damals hieß er nur Harald, aber weil das nicht pompös genug erschien und er sehr schnell zur Stelle war, kündigte ihn Karl Seethaler als Harald Hurricane an. Woher ich das weiß? Meine Mutter hat bei der Hochzeit gekellnert, sozusagen eine Informantin aus erster Quelle. So ist es aus heutiger Sicht nicht weiter verwunderlich, das sich Medusa als seine Entdeckerin sieht, die ihn gleich nach seinem ersten erfolgreichen Album als Patenonkel für Alegra verpflichtet hat.

Kapitel 15

Nach dem Termin mit einem Kunden, mache ich mich auf in Richtung meiner Wohnung und freue mich auf das bevorstehende Wochenende. Meine Wohnung, besser gesagt meine Eigentumswohnung liegt sehr zentral in Kirchwaldhofen. Wenn es hier eine U-Bahn Station geben würde, wäre diese sicher nicht weit von meiner Wohnung entfernt, so zentral liegt sie. Von meinem

Schlafzimmer aus kann ich den Kirchturm sehen. Nicht, dass ich jetzt besonders religiös bin und der Kirchturm von Kirchwaldhofen ausschaut wie die Sagrada Familia in Barcelona, das nicht, aber ich freue mich jedes Mal, wenn ich den Vorhang aufziehe und in das Kaff meines Vertrauens blicke. Alles in unmittelbarer Nähe, die Becker Anna, der Neuwirt und selbst in die Arbeit kann ich zu Fuß gehen. Ja, auf meine Wohnung bin ich echt stolz, zwar muss ich noch 18 Jahre zahlen, bis sie mir gehört, aber hey mit jungen 52 Jahren bin ich dann endgültig ihr stolzer Besitzer.

Gerade fährt ein Bus an mir vorbei, ich entdecke Max hinter dem Steuer, wir winken uns zu, plötzlich sehe ich, dass die Seiten des Busses komplett mit dem Gesicht von Harald Hurricane zugeklebt sind. Mein armer Bruder, der schaut bestimmt nicht mehr in die Seitenspiegel. Da ich weiß, dass ich das ganze nächste Wochenende als Haus- und Hofreporter im Einsatz bin, entschließe ich mich spontan dazu, das Wochenende für eine Bergtour zu nutzen. Mein Plan ist es, zeitig in der Früh aufzubrechen, aber vorher gehe ich einem meiner liebsten Hobbies nach, dem Kochen.

Ich entkorke einen Malbec aus dem Jahre 2003, ein fantastischer Tropfen und mache mir dazu ein Filetsteak mit Speckbohnen – ausgezeichnet. Zufrieden und von der Schlemmerei leicht apathisch sitze ich auf meiner Terrasse und atme tief durch. Wie ich mir gerade so meine Gedanken mache, welche Tour ich am Wochenende in Angriff nehmen soll, klingelt es an der Tür. Die Mama und der Papa traben mit gemächlichen Bewegungen an. „Schorschi, ich bringe dir nur deine Hemden", sagt die Mama. Die beiden liefern schneller als jeder

Pizzaservice, ein Wahnsinn! Eine Zeit lang haben Max und ich das selbst gemacht, allerdings war sie über die Resultate unserer Bügelkunst alles andere als erfreut. Max hatte ein Problem mit den Ärmeln und ich, naja, ich kaufte mir diese hässlichen Knitterhemden, um meine Inkompetenz zu kaschieren. So kam es, dass meine Mama bis heute die Hoheit über meinen Kasten hat.

Sie weiß vor mir, wann ich out of stock of Hemden bin, manchmal kommt es mir so vor, als ob sie meinen Kasten videoüberwachen würde. Ich hole für sie zwei Weingläser, aber der Papa ruft laut: „Mir bringst lieber ein Bier, es sei denn, es ist ein Kalterer See." Es klingelt wieder, Traudi begrüßt meine Eltern und schon sitzt sie auch auf der Terrasse mit einem Bier in der Hand. Meine Mama mag die Traudi sehr, sie reden über Traudis Arbeit, den Buddhismus und – wie immer – zum Schluss über mich. Ich würde jetzt lügen, wenn ich sagen würde, dass mein Vater kein Problem mit Traudis Homosexualität hat. Er mag sie, ist aber irrsinnig konservativ und religiös erzogen worden, was zur Folge hat, dass er es einfach nicht verstehen kann. Er ist diesbezüglich konstant überfordert und weiß nicht, wie er sich verhalten soll.

Fakt ist, dass er Traudi seit Kindheitstagen mag, jedoch immer noch glaubt, dass es sich hier um eine kurze Phase handelt. Meine Mama fragt Traudi: „Gehen wir nächste Woche gemeinsam auf das Konzert von Harald Hurricane?" Traudi kann dessen Musik absolut nicht ausstehen, sagt aber meiner Mama zuliebe: „Mit dir gerne." Ja, die Traudi ist schon ein toller Mensch, das macht sie wirklich nur meiner Mama zuliebe.

Kapitel 16

Am frühen nächsten Morgen mache ich mich also auf den Weg ins Kaisertal. Ich wandere zum Hans-Berger-Haus und beziehe dort mein Quartier für die Nacht. Von dort aus werde ich aufs Stripsenjoch wandern. Das Kaisergebirge ist schon eine phänomenale Kulisse, ich kann mich nicht daran satt sehen, habe immer das Gefühl diese außergewöhnliche Kulisse stets fotografieren zu müssen, so schön ist es hier! Die Ruhe tut mir ausgesprochen gut, ich überhole ein paar Wanderer in Flip Flops und schüttle meinen Kopf. Ich rate ihnen dringend davon ab, sich mit diesen Schuhen weiterzubewegen, meine Ansage wird aber nur mit einem Lächeln quittiert. Wie oft solche Idioten jedes Jahr durch kostspielige und auch gefährliche Einsätze der Bergrettung gerettet werden müssen, veranlasst mich über einen Artikel diesbezüglich nachzudenken.

Als ich am späten Nachmittag die Hütte erreiche, traue ich meinen Augen nicht. Alegra Seethaler sitzt auf einer Bank, eine Hand um ihr rechtes Knie geschlungen und den Blick auf ein Buch gerichtet. Die Spätsonne schmeichelt ihren Konturen noch mehr, falls das überhaupt möglich ist. Ich kann keinen Begleiter feststellen, zögernd mache ich mich in ihre Richtung auf, um sie zu begrüßen. Sie hat mich bis dato nicht wahrgenommen. Ich bin gerade einige Meter von ihr entfernt als ihr Telefon klingelt. Verdammt, diese verfluchten Handys, das man hier Empfang hat, ist fast schon eine Frechheit. Ich höre, dass Alegra mit ihrer Mutter telefoniert. Es ist so, als ob sie mich verfolgen würde, diese, diese blöde Kuh.

Ich komme nicht umhin das Gespräch mitzubekommen. In selbstloser Manier hört Alegra ihrer offensichtlich aggressiv agierenden Mutter zu. Offenkundig macht sie Alegra Vorwürfe, dass sie nicht bei ihr zuhause ist, das kann ich nämlich ihrer Reaktion entnehmen. „Es tut mir leid, dass ich heute nicht bei dir sein kann, aber ich habe diese Wanderung komplett unterschätzt. Ich muss wohl oder übel, notgedrungen hier schlafen", sagt Alegra. Ich räuspere mich, zunehmend lauter, vermutlich wohl auch zunehmend lächerlicher, als sie sich umdreht und mich erblickt. Sie hat noch immer das Telefon am Ohr, lächelt mich dabei verlegen an. Während sie weiter telefoniert, gestikuliert sie, dass ich auf den Stuhl ihr gegenüber Platz nehmen soll. Mein Herz klopft wie wild, ich fühle mich wie ein Taferlklassler, der mit einer Schultüte vor der Volksschule in Kirchwaldhofen steht und ganz dringend aufs WC muss. Naja, lassen wir das, die ganze Schultüten-WC-Aktion mit mir als realen Protagonisten, ist mittlerweile auch verjährt. Dennoch bin ich in der gegenwärtigen Situation froh, nicht auf das WC zu müssen. Wer sich einmal in die Hosen gemacht hat, entwickelt ein WC-Trauma der Extraklasse. Ich gehe seit diesem Vorfall immer – wirklich immer – prophylaktisch aufs WC. Alegra verabschiedet sich herzlich von ihrer Mutter, legt das Handy auf den Tisch und blickt mich schüchtern mit ihren braunen Augen an. „Hallo Alegra, du hier? Damit hätte ich aber jetzt überhaupt nicht gerechnet. Nicht, dass ich dich als nicht sportlich einschätze, aber, aber …" halt deine Klappe Schorschi, halt endlich deine Scheissklappe. Gesagt getan, nach einer endlos erscheinenden Sprechpause von drei Sekunden sagt sie: „Ich weiß, was du meinst, du siehst mich nicht als Frau, die gern in einem Matratzenlager nächtigt, und zugegeben, das ist auch meine Premiere." Die Kellnerin reicht uns unaufgefordert die Speisekarte, ich schaue Alegra an und frage sie, ob wir gemeinsam essen wollen. „Gerne, das ist eine ausgezeichnete Idee", sagt sie und ich brauche wohl nicht zu erwähnen, dass ich mich sehr, unfassbar sehr darüber freue.

Ich bestelle mir ein Weißbier, eine Frittatensuppe und ein Cordon bleu, sie macht zu meiner großen Verwunderung und Freude das gleiche. Wir stoßen an, schauen uns dabei tief in die Augen. Die Sonne verabschiedet sich allmählich, die Kellnerin entzündet eine Kerze an unserem Tisch und ich beobachte Alegars Konturen im Flackern des Kerzenscheins. „Wie läufts mit dem Studium?" frage ich, ich merke dass mich das Weißbier etwas entspannt. „Ich schreibe gerade an meiner Diplomarbeit in Kunstgeschichte, was Biologie betrifft, so habe ich keine weiteren Ambitionen, ich bin zwar noch inskribiert, besuche aber schon seit Jahren keine Vorlesungen mehr. Mein gegenwärtiger Fokus liegt in der Kunst, in diesem Metier fühle ich mich wohl.

Bereits als Kind war ich besessen von Bildern, ihrer Anziehung, ihrer explosiven Lebendigkeit und ihrer stoischen Ruhe zugleich", erklärt sie mir: Bin fasziniert von ihren Worten, ja dieses Mädchen kann sich artikulieren, im Gegensatz zu ihrem Gegenüber, bei gleichzeitiger

Anwesenheit. „Hast du keine Ambitionen zu schreiben, ich bin auf der Suche nach einem Reporter für den Feuilletonteil des ‚Kirchwaldhofner Wochenblattes'", sage ich. Sie schaut mich mit ihren großen Augen an und sagt: „Gibt es denn einen Feuilletonteil im Kirchwaldhofner Wochenblatt"? „Noch nicht", sage ich, sie lacht und wie sie lacht, ich könnte ihr stundenlang dabei zuschauen. Während wir herumalbern, wer unbedingt im Feuilletonteil des Kirchwaldhofner Wochenblattes Platz finden muss, bestellen wir uns noch eine Runde Weißbier und genießen die selbst gemachte, üppig mit Schnittlauch übersäte Frittatensuppe.

Ihr Telefon klingelt wieder, das Bild von Medusa lässt meine Gesichtszüge einfrieren, sie steht auf und geht ein paar Schritte abseits. Im Wesentlichen beschallt Medusa Alegra permanent, denn sie sagt über eine Viertelstunde nur „Nein, nein, ja, mmhm, ja, mmm". Nur zum Schluss sagt sie: „Ich hab dich lieb, pass auf dich auf." Alegra entschuldigt sich, als sie wieder Platz nimmt, ich erkundige mich nach ihrer Mutter, fast so als ob mich der Zustand von selbiger wirklich interessieren würde. „Danke Schorsch, Mama und ich haben eine enge Bindung, sie mag ja manchmal etwas direkt rüberkommen, aber Fakt ist, sie ist ein lieber Mensch."

Ich bewundere sie zutiefst, sie findet sogar im negativsten, durchtriebensten Menschen noch etwas Positives und meint das sogar ernst. So versuche ich aus Respekt ihr gegenüber die Themenbereiche „Mutter", damit einhergehend „Arbeit" und „Dämonen", auszulassen. „Hast du eigentlich eine Freundin, Schorsch?" fragt sie mich ganz abrupt und unerwartet. Mit dieser Frage habe ich nun gar nicht gerechnet, aber da mir Alegra am Herzen liegt, es im Bauch kribbelt und sie mir nicht aus dem Kopf geht, nehme ich mir vor, halbwegs wahrheitsgetreu zu antworten: „Da gabs mal eine Frau, Lena, wir waren sieben Jahre ein Paar, wohnten zusammen, dann haben wir uns getrennt." Sie schaut mich an, so, als ob ich die Geschichte noch nicht fertig erzählt hätte. Gut, die Eckdaten waren sehr knapp zusammengefasst, des Weiteren bin ich auch nicht sonderlich versiert in diesen Dingen. „Es hat einfach nicht mehr funktioniert und der Umstand, dass sie mich betrogen hat, war nicht sonderlich förderlich", sprudelt es zu meiner eigenen Verwunderung aus mir heraus. Ich tippe darauf, dass jetzt der Satz kommt: „Das tut mir leid" Zu meiner Verwunderung höre ich aber: „Wie hast du es gemerkt?" „Lokalaugenschein", sage ich leise: „Ich habe meine Kamera zuhause vergessen und Lena ihre Lebensumstände und Unterwäsche." „Autsch, und jetzt hast du Angst, dass dir das wieder passieren könnte?" fragt sie mich. „Ich habe daraus gelernt, dass man besser anklopfen sollte, wenn man nach Hause kommt", ist meine Antwort.

Sie schmunzelt und schneidet nachdenklich ihr Cordon bleu in kleine Stücke. Die eingekehrte Ruhe ist schier unerträglich, immerhin habe ich ihr mein Herz ausgeschüttet. Natürlich habe ich nicht erwähnt, dass ich dabei geheult habe wie ein Baby und sogar noch bereit war, ihr zu verzeihen. So sehr hing ich an Lena, so sehr habe ich mir eine gemeinsame Zukunft mit ihr gewünscht. Ja und was macht diese Kuh, sie bescheißt mich wieder, darüber bin ich – zugegeben immer noch nicht – hinweg. Das Ganze ist jetzt eineinhalb Jahre her, Max und Traudi versuchen, mich immer wieder zu verkuppeln, ohne meine Mithilfe und ohne signifikanten Erfolg. Weil ich, wie gesagt, in Liebesdingen ein ziemlicher Idiot bin, kann ich selber auch nicht einschätzen, was meine Gefühlswelt für Alegra bedeutet. Ich weiß nur eines, ich will so etwas wie mit Lena nicht unbedingt noch einmal erleben müssen. „Du musst mich kurz entschuldigen", sage ich zu ihr und mache mich auf in Richtung Toilette – Kindheitstraumen verpflichten.

Kapitel 17

Ich beträufele mein Gesicht mit Wasser und blicke auf mein Spiegelbild. Das Neonlicht der Toilette kennt keine Gnade, da stehe ich nun mit meinen abstehenden Ohren, meinen fünf Kilogramm Übergewicht und meinen viel zu roten Wangen, so als ob ich Rouge verwenden würde. Meine Mutter wollte nie, dass ich mir meine Ohren anlegen lasse und ich, naja, habe nach der Schulzeit und den damit verbundenen Hänseleien Frieden mit meinen Ohren geschlossen. Mich hat es mit den Ohren erwischt, Max mit seinem Zinken und unsere Schwester Johanna hat O-Beine, die man getrost zum Torwandschießen verwenden könnte. Ansonsten bin ich bei genauerer Betrachtung halbwegs zufrieden mit meinem Erscheinungsbild. Meine schwarzen Haare werden zunehmend durch graue ersetzt, ein Umstand, der mich sehr freut und mich endlich nicht mehr so jugendlich ausschauen lässt.

Natürlich wäre ich gerne etwas größer und ich wünschte, ich hätte mich damals mit 17 in Amsterdam nicht am Unterarm tätowieren lassen. Ich bin einfach ein stinknormaler Typ, der keinen Grund hat zum Abheben, außer meine Ohren bekommen zu viel Aufwind. Das einzige Ungewöhnliche an mir sind meine Augen, eines blau und das andere braun. Ich versuche, Lena, den damit verbundenen Schmerz und vor allem die damit verbundenen Bilder wieder aus meinem Kopf zu bekommen, atme tief durch und nehme wieder vis-à-vis von Alegra Platz. Diese, wie könnte es anders sein, telefoniert schon wieder: Medusa ist omnipräsent. Während Alegra wieder nur „Mmm", „Ja" und „Nein" am Telefon sagt, esse ich mein mittlerweile lauwarmes Cordon bleu, es schmeckt selbst lauwarm vorzüglich. „Telefoniert ihr immer so oft oder geht es deiner Mutter heute nicht gut?" frage ich. Alegra schaut mich unverzüglich mit großen Augen an. „Woher weißt du, dass es meiner Mutter nicht gut geht?" sagt sie und ich erkläre ihr, dass sie in den letzten Tagen kurzatmig, verschwitzt und bleich ausgesehen hat. „Ja, irgendwie scheint sie der Stress der letzten Wochen zunehmend mitgenommen zu haben.

Ich mache mir wirklich Sorgen, sie schont sich einfach nicht, mutet sich zu viel zu, sie braucht dringend Ruhe, findet aber keine", meint sie. Alegra ist ernsthaft besorgt, immerhin ist es ihre Mutter. Wenn meine Mutter in dieser Situation wäre, würde ich Himmel und Erde in Bewegung setzen, wobei ich schon hinzufügen möchte, dass im Gegensatz zur Medusa meine Mutter glatt als Maria Theresia durchgehen könnte. „Vielleicht sollte sie mal richtig Urlaub machen", sage ich nicht ganz uneigennützig zu Alegra. Denn wenn Medusa urlauben würde, hätten Rosi und ich eine wohlverdiente redaktionelle und zwischenmenschliche Pause von ihr, ein befreiender Gedanke. „Das habe ich ihr auch schon vorgeschlagen, aber wie du weißt, gibt sie ungern Verantwortung ab, darum habe ich als Überraschung eine Reise für uns beide nach New York organisiert", meint sie, die Vorfreude darüber, lässt sich regelrecht in ihrem Gesicht ablesen. „Wir starten ein paar Tage nach dem Konzert von Harald, er ist mein Patenonkel, aber ich habe seinen Konzerten noch nie beigewohnt, sozusagen eine Premiere", erklärt sie. Ich stimme zu meiner eigenen Verwunderung den Hit von Harald Hurricane „Nur du du du" mit meiner bereits in der Volksschule bescheinigten grauenhaften Stimme an – das Weißbier machts möglich. Alegra lacht, ihre Augen funkeln als sie plötzlich sagt: „Ich hatte bis vor Kurzem einen Freund." „Was ist passiert?" frage ich und sie erzählt mir das Übliche: auseinandergelebt, fehlende Zeit, … – der Trennungsklassiker eben.

Mich würde mal interessieren, wie viele Beziehungen tatsächlich in die Brüche gehen, weil der Mann die Klobrille nicht runterklappt oder die Frau die Zahnpasta Tube nicht zuschraubt. Ich glaube, der Prozentsatz ist gar nicht unwesentlich, zumal sich aus diesen Kleinigkeiten beziehungstechnisch große Gräben entwickeln können. Lena wollte immer in einem sterilen OP leben, d. h. ich durfte nie im Stehen essen und immer hielt sie mir eine Serviette unter mein Kinn, das war vielleicht gemütlich. Die Handtücher wusch sie – warum auch immer – mit 95 Grad, selbst das Wohnzimmer strahlte in einem Glanze, dass man sich gar nicht mehr traute Platz zu nehmen. Sie verzierte meine Bude mit Polster und dekorativen Porzellankatzen – wie ich sie hasse, diese Sauviecher, vielleicht bringe ich es endlich übers Herz und lasse sie sterben. Habe mir schon viele Szenarien ausgedacht, aber irgendwas hält mich immer noch davon ab, diese kitschigen Viecher eines würdigen Todes sterben zu lassen. Alegra schaut mich an und sagt: „Du vermisst diese Lena immer noch." Jetzt bin ich vor lauter Bier gar nicht mehr sicher, ob ich das mit den Porzellankatzen laut gesagt habe. Gott-sei-Dank habe ich es nur gedacht. „Nein, ich hatte sie gerne. Ich wollte, dass es funktioniert, aber rückblickend ist es mehr die Enttäuschung, mit der ich nicht umgehen kann. Ich war, glaube ich, verliebt in das Verliebt-Sein, aber das wurde mir erst vor kurzem klar. Leid tut mir eher, dass es seit diesem Zwischenfall für mich schwer ist, mich wieder fallen zu lassen und jemandem zu vertrauen." Um Gottes willen, was rede ich denn hier für einen Stuss, das könnte auch getrost aus der „Bild der Frau" stammen, aber da es jetzt raus ist und ich jetzt nicht mehr über die rhetorische Eloquenz verfüge, mich rauszureden, lasse ich es einfach so stehen. Um abzulenken und auch aus Interesse frage ich nochmal Alegra nach ihrer zerbrochenen Beziehung. Ich fasse hier die Eckdaten kurz zusammen: Der Auserwählte hieß Marcel, ein vermögender Investmentbanker aus der Schweiz. Kennen gelernt haben sich die beiden bei einer Vernissage in Zürich. Es war Liebe auf den ersten Blick, sie wohnten eineinhalb Jahre zusammen und, ich glaube, die beiden hatten keine Probleme mit Klobrillen und Zahnpasta Tuben. Zumindest verrät mir das das Funkeln in ihren Augen, wenn sie über ihn redet. Zerbrochen ist das Ganze laut Alegra aufgrund des Zeitmangels und des Umstandes, dass sie sich für keinen Lebensmittelpunkt entscheiden konnten. Als sie ihre Ausführungen beendet hat, frage ich sie: „Liebst du ihn immer noch?" und das hätte ich besser nicht getan. Ihr kullert eine dicke Träne über die rechte Wange, ich umarme sie und sage leise: „Das wird schon wieder." Wir machen uns auf den Weg ins Matratzenlager, ein Massenlager mit Stockbetten, na bravo.

Ich liege noch einige Zeit wach in meinem Stockbett und warte bis sie eingeschlafen ist. Als ich in der Früh aufwache, ist sie schon weg. Sie hat mir einen Notizzettel hinterlassen, auf dem steht: „Danke Schorschi, danke für alles, du bist wahrlich ein Freund." Scheiße, ich habe langsam genug von meinem Dasein als bester Freund.

Kapitel 18

Ich verbringe noch einen herrlichen Tag im Kaisertal, wandere mir den Kopf frei und denke nur noch in kleinen Schritten. Als ich wieder in Kirchwaldhofen angekommen bin, traue ich meinen Augen kaum. Das komplette Dorf ist infiltriert vom totalen Harald Hurricane Fieber, der Bürgermeister schreit die Gemeindearbeiter an, der Pfarrer seine Ministranten. So gesehen ist eh alles wie gehabt, nur mit dem Unterschied, dass sie dabei von hartgesottenen Fans gefilmt werden. Die Hektik ist unweigerlich spürbar, im Vergleich zum Bürgermeister war Louis de Funès ein bedächtiger und besonnener Charakter. Max nagelt gerade für die Schützenbar ein paar Nägel ins Dach und spricht irgendwas zu mir mit drei Nägeln im Mund. „Max, du Fakir, nimm die Nägel aus dem Mund und was zum Teufel machst du hier eigentlich? Bist du jetzt ein Schütze geworden?" „Ja ich helfe hier wie du siehst, eigentlich solltest du als mein Bruder wissen, dass ich Schütze im Sternzeichen bin." Ja, so ist er, der Max, er sieht irgendwo einen Hammer, ein paar Nägel und schon weiß er, was zu tun ist. Ich kann von mir nicht behaupten, dass ich über ein Talent dieser Art verfüge. Im Gegenteil, ich sehe einen Ikea-Schrank und am liebsten würde ich schreiend davon rennen. In meiner Wohnung habe ich auch einen Ikea-Schrank, mit irgend so einem lustigen, lockeren schwedischen Namen, so als möchte der Schrank suggerieren, wir beide werden eine Menge Spaß miteinander haben. Der Spaß fing schon beim Transport an und als ich die Gebrauchsanweisung las, stellte ich schnell fest, dass die darin abgebildeten Männlein je nach Bedarf größer oder kleiner werden. Wenn es um filigrane Tätigkeiten geht, sind es Liliputaner, wenn es darum geht in einer Höhe von zwei Metern fünfzig etwas anzuschrauben, sind es Riesen, die keine Leiter brauchen – eh klar.

Ich erzähle Max von meinem „Kurzurlaub" in den Bergen, er lächelt und sagt: „Gut, dass du auf dich schaust, nicht dass du uns ein Burn Out bekommst." Wir lachen beide, weil – um ehrlich zu sein – so ganz reiße ich mir beruflich jetzt auch nicht alles aus, es wären schon noch Reserven da, die man ankurbeln könnte, wenn man wollte. Aber, wie gesagt, ich habe dem investigativen Journalismus abgeschworen und bin jetzt genau dort, wo ein Haus- und Hofreporter sein soll, an der Schnapsbar mit dem Max, den Gemeindearbeitern, dem Pfarrer und seiner Gang, den Ministranten. Der Bürgermeister schreit noch immer in der Ferne herum, die Gemeindearbeiter waren aber schlau genug, das Licht in der Schnapsbar auszumachen. So flucht und sucht er seine Leibeigenen. Der Pfarrer will sich schon zu Wort melden, als der dicke

Peppi, sozusagen der Don Corleone der Gemeindearbeiter, ihn mit nur einem Blick streift, der es aber in sich hat. Der Pfarrer versteht ihn ganz genau und sagt schließlich: „Du hast ja recht, lieber Peppi, du bist wahrlich eine große Stütze für unsere Gemeinde und verdienst eine Pause." Natürlich schmunzeln wir alle, weil wir genau wissen, dass der Pfarrer, nein eigentlich ganz Kirchwaldhofen, ohne die Gunst des dicken Peppi aufgeschmissen ist.

Der dicke Peppi ist ein Netzwerker der ersten Stunde, er kennt alle, jeder mag ihn, aber er mag nicht alle. Letztendlich obliegt es stets der Gunst oder Missgunst des dicken Peppis, ob du etwas schnell oder erst in einem halben Jahr in der Gemeinde bekommst. Ich frage den dicken Peppi, wie das Programm für die Woche jetzt genau ausschaut, wann das Konzert am Samstag beginnt, wohin die Wanderung genau führt und was sonst noch von Relevanz für mich ist. Er meint: „Am Samstag um acht Uhr abends beginnt der Hirsch zu singen und die Fanwanderung ist einen Tag vorher und startet um neun Uhr morgens.

Dann werden wir vermutlich einen Tag lang brauchen, bis wir den Müll von den Bergen gekarrt haben, weil diese Trottel ja ungern die 600 Mülltonnen verwenden, die wir extra dafür aufstellen". Der Pfarrer sagt: „Peppi, mir gefällt gar nicht, dass du diese netten Menschen als Trottel bezeichnest, immerhin handelt es sich hier um friedliche Menschen, die eigens wegen der Musik unseres Haralds angereist sind." „Naja, dann nenn ich sie halt Deppen, Herr Pfarrer, wie Sie wollen", entgegnet der dicke Peppi. Mir fällt gerade auf, dass ich noch in meinen verschwitzten Bergsachen unterwegs bin und da ich meine Pappenheimer kenne, versuche ich meinen Rucksack so aufzuheben, dass sie meine Wanderstöcke nicht sehen. Zu spät. „Schorschi machst du heute noch Nordic Walking?" schreit der dicke Peppi, das war ja klar. Was soll man da sagen: „Nein, ich komme gerade vom Darten", ich lasse es sein und begebe mich auf den Weg in Richtung meiner Wohnung, nicht ohne dabei zu schmunzeln, ich mag den Humor des dicken Peppis.

Kapitel 19

Am nächsten Morgen, geht's, wie erwartet, drunter und drüber, Medusa ist am Durchdrehen, sie schreit am Telefon willkürlich Leute an, Rosi verdreht die Augen, hat sie schon wieder ein neues Tattoo? Egal, ich versuche mich zu konzentrieren, schreibe sechs Artikel und bereite meinen Nachbericht vom Konzert vor. Jetzt sind wir uns mal ehrlich, außer das Wetter kann ich den Ablauf ziemlich vorhersehen. Harald Hurricane wird sicher „begeistert" sein von dem „überwältigenden" Aufgebot der Fans, er wird sagen „damit hätte ich nie gerechnet" und „ihr seid wahnsinnig". Warum ich das weiß? Weil es immer so ist und in der Volks- beziehungsweise Schlagermusik immer die gleichen Superlative verwendet werden. Da muss man kein Prophet sein, ist schon erstaunlich, dass in unserer Gesellschaft ein dermaßen großes Verlangen nach heiler Welt vorherrscht. Irgendwie kann ich die Beweggründe ja partial nachempfinden, man hört nur noch Krieg hier, Amoklauf dort und dann gibt's halt den Harald Hurricane, der von Elfen, Blumen, Bienen oder was auch immer singt. Dass die zumeist in die Jahre gekommenen Fans dann aber so weit gehen, ihn als Halbgott wahrzunehmen, entzieht sich meinem Verständnis. Die Resonanz dieses Wahnsinns illustriert das Gewinnspiel, das Rosi und ich in die Wege geleitet haben.

Das Telefon klingelt permanent, jeder will das „Meet and Greet" mit Harald Hurricane gewinnen. Es wird zu meiner großen Freude sogar unmoralisch, nicht dass ich darauf eingehen würde, aber dass ausgerechnet die Frau mit Hut, winselnd mit einem Sack Laugenstangerl bei mir im Büro steht, ist schon ein erhabenes Gefühl. „Willkommen in der Kommandozentrale des Schmierfinks!" sage ich ganz trocken: „Kann ich Ihnen irgendwie helfen?" – „Das tut mir natürlich sehr leid und dafür wollte ich mich auch bei Ihnen persönlich entschuldigen. Die Sache ist nämlich die, dass, dass … Darf ich Ihnen eine Breze anbieten?" „Gerne", sage ich, für eine Breze bin ich immer zu haben. Sie stammelt vor sich hin, ist richtig nervös, ich schaue sie kauend an und warte, wie lange es dauert, bis sie es endlich ausspuckt.

Es dauert fast drei Minuten, bis sie sagt: „Ich bin der größte Fan von Harald Hurricane und den Accordion Twisters, mir würde dieses „Meet and Greet" sehr viel bedeuten, sie haben keine Ahnung, wie viel mir das bedeuten würde …" Plötzlich steht Medusa neben uns, sie hat Ohren wie ein Luchs, das ist mir schon des Öfteren aufgefallen; sie stellt sich breitbeinig der Frau entgegen: „Haben sie einen Termin mit Herrn Hofer, sind Sie seine Freundin, Bewährungshelferin oder Therapeutin?" „Nein", stammelt die Frau mit Hut, sichtlich verwirrt und eingeschüchtert. „Kann ich Ihnen behilflich sein oder wollen Sie meinen ohnehin schon sehr apathischen und schwerfälligen Mitarbeiter noch weiter von der Arbeit abhalten?" Jetzt brennt die Wut in mir hoch, meine Halsschlagader pocht, meine Augen werden schmal und ich zische die Medusa in noch nie dagewesener Lautstärke an: „Sie können sich Ihren Scheiß hier selber machen, ich habe die Schnauze gestrichen voll von Ihnen. Das ist doch nicht mehr normal hier, mir reichts!" Ich stürme mit stampfenden Schritten durch das Büro, höre noch die Frau mit Hut sagen: „Ich komme dann besser ein anderes Mal wieder" und schlage zum Abschied die Tür aber richtig zu.

Draußen angelangt lehne ich mich an die grüne Hauswand, ich schließe die Augen, atme tief durch und versuche mich zu fangen. „Was jetzt?" sage ich, immerhin habe ich zahlreiche laufende Kosten, habe ich jetzt eigentlich gekündigt? Mein Kopf rast: Was soll ich jetzt tun? Wo soll ich arbeiten? Ich hoffe, ich muss nicht als Reporter nach Syrien. Wenn ich nicht so dermaßen, blöd heimatverbunden wäre, dann könnte ich jetzt noch mal in die Redaktion gehen und die Medusa so richtig rhetorisch zerlegen. Aber was macht der uncoole Schorschi Hofer? Er steht vor der Redaktion und bekommt fast eine Panikattacke, weil er nicht weiß, was er tun soll. Wenn ich nur nicht so an diesem Kaff hängen würde, geografisch etwas flexibler wäre, dann könnte ich jetzt – wie in einem Western – filmreif in die Sonne galoppieren.

Kapitel 20

Nachdem ich mich etwas beruhigt habe, mache ich mich auf den Weg zu meiner Mama, weil Mamas für solche Situationen prädestiniert sind. Sie sitzt mit ihren Chi-Gong-Kugeln im Garten und erkennt augenblicklich, dass mich was bedrückt, sagt aber ganz in Mama-Manier: „Speckbrot, Schorschi?" Dass mir meine neo-vegetarische Mama ein Speckbrot macht, heißt schon was, denn sie hasst es neuerdings, Fleisch zu berühren, insofern muss ich echt bedrückt ausschauen. Sie bringt mir den Teller mit dem Speckbrot, ein Herz aus Senf sagt mehr als tausend Worte und wir sagen erst mal beide gar nichts. Irgendwann erzähle ich ihr dann die Geschichte mit der Medusa, und ich fühle mich erleichtert, dass ich diese Wolke nicht mehr alleine mit mir herum schleppen muss. Sie blickt mich nachdenklich an und sagt: „Du bist ein guter Schreiber, das warst du schon immer. Ich habe nie verstanden, warum du diesen Job angenommen hast und Geschichten über die Eröffnung des Recyclinghofes schreibst. Ich habe vor einigen Monaten die Kiste mit deinen Kurzgeschichten gefunden, du hast wirklich Talent ..." Ja, ja, meine Mama ist hier vielleicht nicht ganz objektiv, sie mag alles, was ich schreibe, und diese Kiste habe ich als Teenager ständig mit Kurzgeschichten befüllt. „Ich habe nie verstanden, warum du nicht raus in die Welt wolltest, ich hätte so gerne gelesen, wie du die Welt durch deine Wörter siehst. Vielleicht ist es an der Zeit für dich, mal ganz was Anderes zu machen, vielleicht ist diese Situation eine wunderbare Chance für ein neues Kapitel." Ich verstehe, was sie meint, sie hat es wieder einmal geschafft, mich zu besänftigen, aber bei aller Euphorie bin ich nicht Ernest Hemingway.

Mein Firmentelefon klingelt, Medusa ist dran und sagt: „Herr Hofer, ihr Interviewpartner, der Herr Koller von den Bergbahnen, ist gerade hier." Ich kann es mir nicht verkneifen und sage: „Ja, bestellen Sie ihm schöne Grüße und fühlen Sie ihm ein bisschen auf den Zahn. Ich habe den Jahresbericht gelesen und dabei einige Unstimmigkeiten entdeckt." Sie stottert ins Telefon: „Wie? Ich soll das machen. Seien sie doch nicht kindisch, wegen dieser kleinen Auseinandersetzung." Ich unterbreche sie abrupt: „Jetzt hören sie mir gut zu, wenn sie noch einmal in einem solch abwertenden Ton mit mir reden, wenn sie mich und Rosi noch einmal in irgendeiner Art und Weise blöd anmachen, dann können Sie sich auf was gefasst machen.

Sie benehmen sich in Zukunft wie ein anständiger Mensch und tun zumindest so, als ob sie Gefühle hätten. Ansonsten können Sie mich kreuzweise." Ich merke, dass sie nicht frei sprechen kann, denn sie sagt: „Super, Herr Hofer, wird gemacht, aber bitte seien Sie in fünf Minuten hier."

Kapitel 21

So macht sich der Schorschi, der gutmütige Esel, auf den Weg in die Redaktion, wo er von der Rosi erleichtert empfangen wird. „Ich habe das Gespräch abgehört, das war mal eine Ansage, bravo!" Medusa blickt mich erleichtert, wenngleich aber auch unbändig angepisst an, es hat sie Einiges an Aktivierungsenergie und Überwindung gekostet mich anzurufen. Ich mache also mein Interview und während dessen denke ich daran, dass Rosi gesagt hat, dass sie das Telefonat abgehört hat. Das muss ihr in ihrer Euphorie über meine Wiederkehr raus gerutscht sein. Ich will ja gar nicht wissen, welche weiteren Methoden sie für ihre Recherchen einsetzt. Peilsender, Wanzen – wer weiß schon, was Rosi so alles treibt, technisch ist sie in jedem Fall sehr versiert. Rosi ist nicht nur meine Assistentin, sie betreut auch unsere Homepage, redet neuerdings nur noch von Apps und Social-Media-Kanälen. Ich bin sehr froh über den Umstand, dass sie sich um all diese mir fremden und suspekten Dinge kümmert. Ich meine, jetzt hat sogar unser Bürgermeister einen Twitter-Account und glaubt, er müsste uns über seine eher überschaubaren Tätigkeiten informieren. Seine Tweets sehen in etwa so aus:

„Wir begrüßen unsere Gäste aus dem #Wuppertal in #Kirchwaldhofen" Natürlich mit Bild hinterlegt und natürlich von enormer Brisanz für die Menschheit. Ich finde, dass unsere Gesellschaft ständig dazu aufgefordert ist, die Arbeit und die Rationalisierung von Großkonzernen auszumerzen. Wir stehen blöd an Ticketautomaten rum und wissen nicht, welchen Knopf wir drücken müssen, weil es keine Schalter mit echten Menschen mehr gibt. Wir checken unser Gepäck am Flughäfen selbst ein und wir hängen stundenlang in Warteschleifen, weil irgendein Roboter einen Dialekt einfach nicht verstehen will. Ich will jetzt nicht sagen, dass früher alles besser war, aber früher wurden ältere oder technisch nicht sonderlich versierte Menschen zumindest nicht ständig durch dumme Automaten diskriminiert. Und dieses Facebook- und Twitter-Ding ist einfach nichts für mich, dank Rosi muss ich mich auch nicht weiter damit beschäftigen. Mein Interview ist zu Ende, ich klopfe an Medusas Bürotür, es gibt immerhin Einiges zu klären – dieses Mal werde ich nicht klein beigeben.

Kapitel 22

Ich atme noch einmal tief durch und öffne voller Elan ihre Tür, ich bin auf alles vorbereitet – nur nicht auf das: Medusa liegt mit dem Kopf auf dem Schreibtisch, sie hat die Augen zwar geöffnet, aber ihre Pupillen sind stark erweitert und sie schwitzt wie ein Schwein. Sie ist extrem bleich, aber am allermeisten bin ich darüber schockiert, dass sie einfach drauf los furzt. Ich hätte in tausend Jahren nicht damit gerechnet, dass eine Medusa furzt und wenn, dann müsste sie eigentlich Feuerbälle furzen. Ich schreie sie an, sie nimmt mich dumpf wahr und furzt weiter wie ein Höllenhund. Auf ihrem Schreibtisch finde ich eine Dose mit komischen Pillen. Kann es sein, dass die Medusa Drogen nimmt? Ich suche mein Handy, um die Rettung zu rufen, kann es aber auf Anhieb nicht finden. Plötzlich steht Alegra in der Tür und brüllt: „Schorschi, ich kümmere mich um sie, aber bitte lass die Tabletten auf ihrem Tisch verschwinden. Sie hat ein Suchtproblem, das seit der Trennung von meinem Vater außer Kontrolle geraten ist." „Ich lasse hier gar keine Tabletten verschwinden", sage ich, „deine Mutter braucht dringend einen Arzt." Medusa sagt ganz leise und schwach: „Bitte keinen Arzt, Alegra weiß, was zu tun ist und morgen bin ich wieder in Ordnung." Alegra packt die Tabletten in ihre Tasche und hilft ihrer Mutter aufzustehen. „Schorsch, wenn ich sie ins Krankenhaus fahre, kommt heraus, dass sie drogensüchtig ist. Wenn das mein Vater erfährt, kann er sie beim Scheidungsverfahren vernichten. Welcher Richter gibt einer Drogenabhängigen Geld? Bitte hilf mir und meiner Mutter, du weißt, ich würde dir auch helfen, wenn es um deine Mutter gehen würde. Ich will sie einfach nicht verlieren, kannst du das nicht verstehen?" Alegra schaut mich mit ihren großen Augen verzweifelt an und ich sage: „Alegra, glaubst du nicht, dass deiner Mutter mit einer Therapie geholfen werden kann?" Sie blickt mich herzzerreißend an und sagt: „Hilf mir, sobald die Scheidung rechtens durch ist, kümmere ich mich um eine Therapie, aber das Risiko ist in der gegenwärtigen Situation einfach zu groß." Ich schaue Medusa tief in die Augen und sage: „Wenn ich Ihnen jetzt helfe, versprechen Sie mir, eine Therapie nach ihrer Scheidung zu machen?" Alegra blickt mich erleichtert an und Medusa sagt: „Alles, was Sie wollen, ich muss nur noch die Scheidung überstehen, versprochen." Ich gehe ins Büro und bitte die nichtsahnende Rosi, Alegras Auto direkt vor die Tür zu fahren. Ich gebe ihr den Schlüssel, sie schaut mich skeptisch an, macht aber ohne Widerrede, was ich ihr gesagt habe. Alegra und ich stützen die angeschlagene Medusa ab, sie ist sehr schwach und kann sich kaum auf den Beinen halten. „Alegra, hast du eine Sonnenbrille? Deine Mutter sieht nicht gerade flockig aus und ich will nicht, dass sie so gesehen wird." Sie kramt in ihrer Tasche, findet sogleich Sonnenbrillen und bebrillt die immer wieder furzende Medusa. Ich fühle mich plötzlich wie in einem Agentenfilm, nur mit dem Unterschied, dass mir im Gegensatz zu Bruce Willis nicht ganz klar ist, was ich tun soll. Rosi hat jedenfalls das „Fluchtfahrzeug" vor der Tür geparkt, sie sitzt am Steuer, der Motor läuft und die hinteren Türen sind geöffnet. Es erweckt fast den Anschein als ob Rosi solche Aktionen schon öfters gemacht hat.

Ich spähe durch das Schlüsselloch, Kirchwaldhofen scheint gerade Siesta zu halten, sehr gut. Langsam öffne ich die Tür und schiebe zuerst mal meinen Oberkörper seitlich auf die Straße. Medusa und Alegra stehen direkt hinter der Tür und warten auf mein Zeichen. Da kommt mir plötzlich der Seethaler Karl entgegen, ich werd verrückt, der muss wohl im toten Winkel gewesen sein. „Schorsch, mein Freund! Wie geht's dir?" „Danke sehr gut Karl, bin gerade ein bisschen im Stress, meine Assistentin und ich sind auf dem Weg zu einem Interview", sage ich ganz schnell. „So eine Assistentin hätte ich auch gerne, die einem die

Autotür aufmacht, sehr löblich!" sagt der Karl in Richtung Rosi. „Kann mir einer sagen, warum ihr das Auto meiner Tochter verwendet?" fragt der Karl und – zugegeben – sein Einwand ist nicht unberechtigt. Da kommt plötzlich Alegra in feinster aufgesetzter Miene durch die Tür und schreit entzückt: „Papa, du hier? Das ist ja eine Überraschung. Ich habe gerade Rosi gebeten, mit meinem Wagen zu fahren, ich hatte mittags ein Glas Prosecco und ich mag es nicht, alkoholisiert zu fahren. Darum nehmen mich die beiden auf dem Weg zu ihrem Interview mit nach Hause." Karl Seethaler blickt seine Tochter an und sagt: „Ich bin stolz auf dich, ich wünschte, ich wäre immer so vernünftig wie du gewesen." Rosi nickt erhaben wie eine Grande Dame, deutet auf ihre Uhr und sagt „Schorschi, wir müssen leider fahren und kann mir einer sagen, was hier so stinkt." „Deine Rosi hat recht", sagt der Karl, „Du riechst wie ein Brauerreipferd." Bravo, jetzt denkt der Karl, dass ich dafür verantwortlich bin. Er lacht, haut mir zum Abschied auf die Schulter und macht sich mit einem „Servus" auf den Weg in Richtung Neuwirt. Es scheint, er habe am Neuwirt Gefallen gefunden. Jetzt ist die Bahn aber wirklich frei und ich befördere die Medusa auf die Rückbank des Jaguars – das nenne ich mal eine Studentenkarre. Ich habe neben Rosi auf dem Beifahrersitz Platz genommen und wir fahren in Richtung, gute Frage wohin eigentlich? Alegra gibt Rosi eine kurze Wegbeschreibung, die Medusa soll sich wohl in ihrer Villa auskurieren. Während der ganzen Fahrt reden wir kein Wort miteinander, die Medusa lässt einen fahren, es ist zum aus der Haut fahren. Rosi öffnet angewidert das Fenster und es dauert nicht lange bis wir das Anwesen der Medusa erreichen. Ich will ihr beim Aussteigen helfen, aber offenkundig hat sie sich schon wieder etwas gefangen, weil sie mich in gewohnter Manier anmault. „Lassen sie das, fassen Sie mich bloß nicht an und wenn Sie ein Wort über diesen Vorfall verlieren, dann mache ich Sie fertig." Das gibt's jetzt aber wirklich nicht. Ich helfe der Sumpfkuh, ziehe sogar die Rosi hinein und jetzt werde ich dafür noch blöd angemacht. Will gerade los poltern, als mich Alegra anstupst und sagt: „Von jetzt an komme ich allein zurecht, vielen Dank. Mein Auto hole ich morgen ab, nochmals danke für alles und bitte zu niemanden ein Wort." Ich will nur noch weg hier, soll sich doch Alegra alleine um ihre Junkie-Mutter kümmern.

Kapitel 23

Als wir los fahren schaut mich Rosi an und sagt: „Haben wir jetzt eine cholerische, drogensüchtige und furzende Medusa als Chefin?" „Schaut ganz so aus", sage ich müde: „Sie hat sich heute rektal Einiges durch den Kopf gehen lassen." Wir lachen beide, die Aufregung legt sich und Müdigkeit macht sich breit. Als ich gerade am Gähnen bin, fragt mich Rosi, ob wir noch schnell auf einen Pfiff zum Neuwirt gehen sollen. Obwohl ich hundemüde bin, stimme ich zu, immerhin gibt es Einiges zu bereden.

Wir schauen, dass wir ein halbwegs ruhiges Plätzchen finden, muss ja nicht jeder mitkriegen, dass wir bei einem Giftgasanschlag nur knapp dem Tod entronnen sind. Ich erzähle Rosi kurz die Geschehnisse in Medusas Büro. Dabei lasse ich bewusst kein Detail aus, Rosi wurde von mir mit hineingezogen, das Mindeste, das ich tun kann, ist bedingungslos ehrlich zu sein. Rosi trinkt einen großen Schluck Bier und sagt dann in gewohnt direkter Manier: „Ich meine, dass die Medusa irgendwas nimmt, ist mir schon lange klar, aber dass sie furzt wie ein Kamel ist die eigentliche Sensation. Das passt so gar nicht zu ihrem Gehabe und übrigens du brauchst keine Angst zu haben, ich werde niemandem etwas erzählen."

Ein paar Harald Hurricane Fans nehmen am Nachbartisch Platz, das Konzert ist an diesem turbulenten Tag fast ein bisschen in Vergessenheit geraten. Mir fallen noch Dutzende redaktionelle Dinge ein, die ich gleich mit Rosi bespreche, jetzt hat uns der Hurricane wieder fest im Griff. Hannes, der Wirt, verkauft den Fans einen völlig überteuerten Hurricane Schnaps, „weil der reinhaut", wie er sagt. Plötzlich dreht Hannes seine Stereoanlage auf und eine Harald Hurricane CD beschallt das gesamte Lokal in ohrenbetäubender Lautstärke. Ich zahle und Hannes meint ganz trocken und leise auf unseren Tisch gerichtet: „Wenn der Scheiß läuft, dann konsumieren die Fans einfach mehr, sorry." Rosi und ich machen uns auf den Weg, wir haben heute genug durchgemacht, als dass wir uns noch diesen Scheiß anhören wollen.

Kapitel 24

Am nächsten Morgen mache ich mich natürlich mit einigen Laugenstangerln bewaffnet auf den Weg in die Redaktion. Rosi raucht gerade eine Zigarette und bläst den Rauch elegant in meine Richtung. Sie erinnert mich daran, dass heute Harald Hurricane vorbei kommt. Verdammt, das „Meet and Greet" habe ich komplett vergessen und es passt mir gar nicht in meinen ungewohnt vollen Terminkalender. „Gegen 11 Uhr kommt er zu uns in die Redaktion, wo er auf die Gewinnerin treffen wird", sagt Rosi und der Umstand, dass sie Gewinnerin gesagt hat, lässt mich ahnen, wer die Gewinnerin ist. „Du hast ganz zufällig die Frau mit Hut gezogen, habe ich recht", sage ich und Rosi entgegnet: „Unglaublich oder, das war echt ein Zufall, ihr beiden gebt so ein schönes Paar ab." Unglaublich ist gar kein Ausdruck für die aufkeimende Freude darüber. Mein Telefon klingelt und der Sog der Arbeit hat mich erfasst. Gegen 10 Uhr 45 geht die Tür auf, es ist tatsächlich die Medusa, wer hätte das gedacht. Sie schaut für den gestrigen Totalausfall recht gut aus und die gewohnte Arroganz lässt nicht lange auf sich warten. „Rosi, Kaffee, sofort!" sind ihre ersten Wörter, kein „Danke" oder „Entschuldigung für meine Furzerei" – sie tut tatsächlich so, als ob nichts passiert wäre. Allerdings hat sie ihre Rechnung nicht mit Rosi gemacht, denn als sie Platz nimmt, ertönt ein 1a Furzkissen. Medusa schnaubt wie ein wild gewordener Stier in Pamplona, ihre Nasenflügel weiten sich, sie scharrt die Hufe, eines ist unweigerlich klar: hier fliegen in wenigen Sekunden die Fetzen. Am liebsten würde ich wie bei einem Erdbeben auf die Straße rennen, generell wegrennen wäre sicher keine schlechte Idee. Ich denke an Forrest Gump, Rosi kommt zu mir - so als ob ich sie beschützen könnte, jetzt geht's los, das wissen wir beide. Gleich wird hier geschrien und getobt werden, aber wie durch ein Wunder geht die Tür auf und Harald Hurricane betritt den Raum. Rosi fällt ihm erleichtert um den Hals: „Mann, wie ich mich freue, dich zu sehen, lieber Harald".

Ein bisschen überrumpelt, aber durchaus erfreut von Rosis Gefühlsausbruch, bewahrt uns ausgerechnet der Hurricane vor einem Medusa-Tornado.

Er meint: „Ganz ruhig, mein Kind, es alles wird gut." Da entdeckt er Medusa und schiebt Rosi beiseite: „Liz, du schaust fabelhaft aus, diese Tasche, dein Style, einfach unübertrefflich. Es sieht ganz so aus, als ob es einen temporären Waffenstillstand gibt – klarer Punkt für Rosi. Die Frau mit Hut betritt den Raum und bekommt fast einen multiplen Orgasmus, als sie Harald Hurricane antrifft. „Herr Hurricane, ich, ich, ich ..." Der Tag verspricht linguistisch nicht unbedingt anspruchsvoll zu werden. Harald Hurricane ist natürlich Profi genug, um sich gekonnt in Szene zu setzen, seine Assistentin filmt und fotografiert das Ganze, jede zwischenmenschliche Geste wird heutzutage recycelt. Sofort wird uns allen klar, dass Harald Hurricane das Ganze schnell abwickeln will, er ist weder an einer richtigen Konversation mit der Dame interessiert, noch macht sie den Eindruck, dass sie dazu imstande ist. Aber man muss ihn dazu schon ein wenig kennen, die Dame mit Hut ist jedenfalls angetan von seinem Charme, überreicht ihm einen Stoffbären, den sie selbst gebastelt hat, na bravo.

Das Highlight des „Meet and Greet" ist ein gemeinsames Essen, Rosi hat hierzu einen Tisch beim Neuwirt reserviert. Wir stapfen also gemeinsam zum Neuwirt, Rosi hält sicheren Abstand zur Medusa, ich übrigens auch, eine furztechnische Vorsichtsmaßnahme. „Das mit dem Furzkissen war genial von dir, es war schön mit dir zu arbeiten – nur für den Fall, dass deine Bremsen eines Tages nicht mehr funktionieren oder ein Pferdekopf neben dir im Bett liegt." Rosi schmunzelt und sagt: „Es gibt Dinge, die man einfach durchziehen muss, wobei als ich den Blick von Medusa gesehen habe, ist mir kurz etwas schwindlig geworden – so, als ob sie schon eine Voodoo-Puppe von mir gebastelt hat." Der Gedanke ist gar nicht mal so abwegig.

Mittlerweile sind wir beim Neuwirt eingetroffen. Natürlich wird Harald Hurricane von seinen Fans erkannt, die Frau mit dem Hut erntet neidische Blicke, die sie aber vollends genießt. Sie schmiegt sich an ihren Superstar, er fragt mich alle fünf Minuten nach ihrem Namen, meistert das Ganze aber bravourös, das muss man ihm einfach lassen. Egal, ob es die Fans auf der Straße sind oder die Frau mit dem Hut, er gibt seiner Zielgruppe stets das Gefühl, dass ihm alle am Herzen liegen. Er streichelt die Hunde der Fans, knuddelt Babys und erkundigt sich nach ihrem Wohlbefinden. Er weiß wirklich, wie man sich verkauft. Der Medusa gefällt natürlich der Rummel, sie führt sich auf, als ob sie die Herausgeberin des Time Magazines wäre, aber das verwundert in Kirchwaldhofen niemanden mehr wirklich. Die Frau mit Hut sitzt also selig neben ihrem Idol, er bestellt – ohne sie zu fragen, was sie will – zwei Bier und zwei Schnitzel und gibt sich ganz volksnah. Nicht umsonst lassen sich Politiker im Wahlkampf immer mit einem Würstel in der einen und einem Handwerker in der anderen Hand ablichten. Was suggerieren soll: Ich bin einer von euch, ein kleiner Mann, der gleich nach dem Foto mit dem Arbeiter ein Loch buddelt. Ich fotografiere also Harald Hurricane, wie er mit der Frau mit Hut anstößt, wie er sie umarmt, wie er ihr liebevoll in die Augen schaut, jede Geste ist hier bestens einstudiert.

Alles läuft nach Plan, ich bin schon dabei, meine Kamera wieder einzupacken als plötzlich Karl Seethaler beim Neuwirt auftaucht. Die Medusa ist sichtlich verwundert darüber, nach ein paar Schrecksekunden faucht sie ihn aber gleich an: „Hast du gerade deine Freundin in die Kinderkrippe gebracht?" Er schaut sie an und sagt: „Ich habe deinen Besen draußen gar nicht gesehen, sonst wäre ich hier nicht reingekommen. Ich wünsche dir jedenfalls einen guten Flug." Rosi und ich schauen uns wie bei einem Tennismatch mit schnellem Belag den Schlagabtausch an und unsere Köpfe gehen synchron nach links und rechts.

Die Medusa geht jetzt jedenfalls ins Tiebreak und sagt: „Ich werde dich vernichten, ich werde dir alles nehmen, dieses Dorfblatt und die Villa sind erst der Anfang, bis der Tod uns scheidet, mein Lieber." Wutentbrannt zischt er sie an: „Bestell schon mal den Pfarrer, man weiß ja nie." Es ist mucksmäuschenstill geworden im Neuwirt,

Harald Hurricane geht zur Medusa, er versucht sie offensichtlich zu besänftigen. Keine Ahnung, warum unser Schlagerfuzzi einen solchen Narren an ihr gefressen hat. Sie schnauzt natürlich auch ihn an, flüstert ihm etwas ins Ohr, das augenblicklich seine Gesichtszüge erstarren lässt. Nach wenigen Sekunden hat er sich wieder gefangen, immerhin ist er ein Profi und weiß, welche Show er hier abziehen muss.

Er widmet sich jetzt vollends der Frau mit Hut, geht auf sie ein, unterschreibt gefühlte 28 Autogrammkarten und tut so, als ob er sein Schnitzel essen würde.

Karl Seethaler ist die Szene äußerst unangenehm, er ist offenkundig über seinen Gefühlsausbruch genau so verwundert, wie wir alle. „Ich wollte das nicht", sagt er leise zu mir: „Normalerweise habe ich mich im Griff, aber heute hat sie mich am linken Fuß erwischt." Ich kann ihn gut verstehen, gegen diese Frau ist einfach kein Kraut gewachsen, sie hat ihn vor allen Leuten denunziert und er hat zurückgeschlagen. Er verabschiedet sich bei der Runde, Medusa würdigt ihn keines Blickes und allmählich löst sich das „Meet and Greet" auf, wir haben alles im Kasten und die Frau hat mehr Autogramme als sie tragen kann. Beim Rausgehen fragt die Rosi Harald Hurricane, warum er nur so getan hat, als ob er das Schnitzel gegessen hat und er sagt: „Kind, ich esse doch kein Schnitzel, weißt du, wie viele Kalorien das hat?" Die Medusa ist mittlerweile abgedampft oder vielleicht wirklich mit ihrem Besen davon geflogen – wer weiß das schon.

Kapitel 25

In der Redaktion angelangt, gibt es für Rosi und mich natürlich Einiges zu bereden, ein Streit wie eben passiert jetzt auch nicht alle Tage in Kirchwaldhofen, der Besen hat es uns dabei besonders angetan. „Rosi, das Gute dabei ist, dass deine Furzkissenaktion damit etwas aus dem Fokus geraten ist." Wir sortieren die Bilder des Mittagessens, Rosi stellt meinen soeben verfassten Artikel mit einer großen Fotostrecke online. Das Feedback darauf ist riesig, das freut uns natürlich. Da am nächsten Tag die Fanwanderung stattfindet, gibt es für Rosi und mich natürlich Einiges zu bedenken. Morgen ist es wichtig, dass wir immer an unterschiedlichen Plätzen zum Fotografieren positioniert sind.

Warum das so wichtig ist, ist leicht erklärt: Wir machen nicht nur Bilder für das Kirchwaldhofner Wochenblatt, die Bilder werden auch gleich vom Tourismusverband und von einigen Presseagenturen übernommen. Ich lade Akkus, drucke mir noch mal den genauen Ablauf aus und bläue Rosi wiederholt ein, dass wir fröhliche Bilder haben wollen. Letztes Jahr hat sie nämlich bei der Wanderung – sagen wir mal – eher „sozialkritische" Bilder gemacht. Darauf waren hauptsächlich überfüllte Mülleimer und betrunkene Fans abgelichtet. Sie verspricht mir hoch und heilig, sich dieses Mal von Mülleimern und Besoffenen fernzuhalten, ich kann nur hoffen, dass ihr rebellisches Herz nicht mit ihr durchgeht. Plötzlich steht – wie aus dem Nichts – Alegra hinter uns, um ihr Auto abzuholen. Ich versuche, ihr nicht in die Augen zu schauen, weil die mich immer irgendwie hypnotisieren und meistens führe ich mich danach auf wie ein Teenager, der sein erstes alkoholfreies Bier getrunken hat und davon besoffen ist.

Sie kommt an meinen Schreibtisch und sagt leise: „Schorschi, du hattest recht, meine Mutter braucht eine Therapie. Ich habe dir doch erzählt, dass ich nach dem Konzert eine Reise als Überraschung nach New York gebucht habe. Ich habe gerade mit einer renommierten Entzugsklinik telefoniert, die können ihr helfen und das Beste daran ist, dass es so keiner mitbekommt." Ich schaue auf, streife versehentlich ihre Augen und schon ist es wieder um mich geschehen. „Das ist gut, du kannst das nicht alles alleine lösen", sage ich und überreiche ihr die Autoschlüssel. Sie gibt mir ein Bussi auf die Wange und haucht mir ein leises „Danke" ins Ohr. Sie gibt auch Rosi die Hand, die entgegnet prompt: „Mich brauchst du nicht zu busseln, das passt schon." Jetzt wird Alegra rot, zumindest bin ich jetzt nicht mehr der Einzige. Als sie weg ist, setzt sich Rosi auf meinen Schreibtisch und sagt: „Hat die Alegra jetzt einen Platz in einer Betty-Ford-Klinik für die Medusa gefunden?" „Hast du unter meinen Tisch eine Wanze versteckt, das kannst du gar nicht gehört haben!" sage ich und weiß wirklich nicht, wie sie das immer anstellt. „Ich werde dir hier nicht meine Joker verraten, es reicht doch, wenn du indirekt davon profitierst", sagt sie mit einem Selbstvertrauen, das schon wieder fast legendär ist. „Ich profitiere also davon, dass du mich bespitzelst, verwechselst du hier nicht was?" Sie lacht nur und sagt: „Schorschi, jetzt beruhige dich doch mal, ich habe keine Wanze versteckt, ich habe nur den Lautsprecher an deiner Telefonanlage eingeschaltet, als sie reingekommen ist und somit mitgehört, zufällig natürlich." Will ich, soll ich, muss ich darauf eingehen? Mein Kopf sagt nur eines und das klingt ungefähr so: „Egal, was soll's" und „Hunger".

Ich belasse es wieder einmal dabei, Rosi nicht in die Schranken zu weisen, ich bin in diesen Dingen nicht sonderlich versiert und das weiß sie leider. Sie bringt mir unaufgefordert einen Kaffee und sagt: „Kannst du dir die Medusa in der Betty-Ford-Klinik vorstellen? Kannst du dir vorstellen, wie hart das für ihre Mitstreiter sein muss? Ich meine, da macht man schon einen Entzug durch und dann hat man noch die Medusa an der Backe, noch schlimmer, man ist sogar mit ihr eingesperrt und hat keinen Schnaps in Reichweite."

Die Vorstellung ist wirklich schockierend und ich vergesse fast, dass es Rosi schon wieder geschafft hat, mich einzuwickeln. Sie bringt es glatt fertig, es wie Nestwärme ausschauen zu lassen, dabei ist es der Reibungswiderstand, der entsteht, während sie mich über den Tisch zieht. Ein langer Arbeitstag geht zu Ende, morgen geht der alljährliche Wahnsinn wieder los.

Kapitel 26

Auf dem Weg nach Hause gibt es keinen Zweifel mehr daran, Kirchwaldhofen ist im Harald Hurricane Fieber. Die komplette Fassade des Tourismusbüros wurde mit einer riesigen Leinwand auf der Harald Hurricanes Gesicht abgebildet ist, verhüllt. Ich werde morgen die Vorhänge sicherheitshalber zulassen. Generell kann man dem dicken Peppi und seinem Team nur gratulieren. Sie haben es wieder einmal geschafft, ganz Kirchwaldhofen in eine Partymeile mit lauter kleinen Sauf- bzw. Fressbuden zu verwandeln. Direkt am Dorfplatz sehe ich schon die mittlerweile komplettierte Bühne, die gigantische Ausmaße angenommen hat. Ein langer Steg in Herzform, lässt selbst das Bühnenbild der Rolling Stones alt aussehen. Der Bürgermeister begrüßt mich freudestrahlend, er ist bereits von einem Kamerateam aus Deutschland umringt, die Werbetrommel für unser normalerweise recht überschaubares Dorf läuft auf Hochtouren. Im Vorbeigehen höre ich ihn noch sagen: „Der Harald geht jeden Morgen hier zum Bäcker", was überhaupt nicht stimmt, aber den Andrang bei der Anna Becker von neulich erklärt. In sicherer Entfernung höre ich ihn noch sagen:

„Der Harald liebt Kirchwaldhofen, viele seiner Lieder schreibt er hier am Dorfplatz und auch beim Neuwirt ..." Ja, die PR-Maschinerie läuft auf Hochtouren, wer den Bürgermeister im Wahlkampf tatkräftig unterstützt hat, wird auch namentlich von ihm erwähnt, das ist die Kirchwaldhofner Demokratie. Endlich bin ich daheim angelangt, ich klingle bei Traudi, die ich – wie mir gerade auffällt – schon ein paar Tage nicht gesehen habe. Sie macht auf und sagt, dass sie am Samstag mit meiner Mama auf das Konzert gehen wird. Nach einem Glas Wein macht sie allerdings durchaus ihrem Unmut darüber Luft: „Schorschi, hast du diesen riesigen herzförmigen Steg gesehen? Für dieses Opfer spende ich das ganze Jahr überhaupt nichts mehr. Das mache ich echt nur deiner Mama zuliebe."

Ich koche für Traudi und mich eine große Pfanne Kaiserschmarren mit ganz viel Topfen und wir lassen den Abend gemütlich ausklingen.

Kapitel 27

Am nächsten Tag stehe ich zeitig auf, die Fanwanderung steht an. Salzburg hat seine Festspiele, Thiersee Passionsspiele, Kitzbühel seine Streif und Kirchwaldhofen hat den Hurricane. Als ich den Dorfplatz betrete, geht schon voll die Post ab, der Bürgermeister fuchtelt aufgeregt mit dem Mikrofon herum, es hört sich an wie „Brechprobe" – vermute aber, dass er „Sprechprobe" meint. Als der dicke Peppi, ein wahres Allroundtalent, auch dieses Problem behebt, begrüßt der Bürgermeister die immer größer werdende Menge. Die Frau mit Hut winkt mir aufgeregt zu, ich mache ein paar Bilder, dabei schaue ich mich gleich um, ob Rosi schon eingetrudelt ist, kann sie bis dato aber nirgends entdecken. Der Bürgermeister erinnert die gigantische Fanschar daran, unbedingt die hinterlegten Wanderkärtchen auszufüllen, es gibt wie jedes Jahr sensationelle Preise zu gewinnen. Da muss ich ihm schon recht geben, letztes Jahr hat die Mama einen Kochlöffel gewonnen, mein Bruder Max einen Kugelschreiber der Kirchwaldhofner Raiffeisenbank, da kann man den Organisatoren nichts nachsagen. Die eigentliche Idee dahinter ist aber vielmehr, die Mailadressen der Touristen zu bekommen, um sie im Anschluss mit Newslettern zu bombardieren. Aus einiger Entfernung sehe ich Rosi gerade von ihrer roten Vespa absteigen, sie hat noch den Helm auf und – halt! Wer küsst sie da zum Abschied? Ich mache mich auf den Weg zu ihr und begrüße den mir gänzlich unbekannten Typen mit einem gar nicht herzlich gemeinten „Servus". „Hey, boah ey, bist du da Schorschi, die Rosi hat mir so viel von dir erzählt, ey", sagt der Boah ey, der offenbar aus Bayern stammt. Rosi wimmelt ihren Herzbuben so schnell es geht ab, die Situation ist ihr merklich unangenehm und sie fokussiert sich ganz auf ihren Fotoapparat. So leicht kommt sie mir aber nicht davon, da muss ich schon nachhaken und ich sage: „Boah eh, krass, der Typ haut rein, der rockt wie ein Glühwürmchen, voll fett ey." „Der hat übrigens noch eine Schwester, soll ich euch verkuppeln", sagt sie mit einem leicht sarkastischen Unterton. „Wir können uns ja mal zu viert auf eine Buchstabensuppe oder zum Scrabble spielen verabreden", sage ich lachend in ihre Richtung. Sie sagt nur: „Boah ey, was ist denn der Schorschi heut für ein witziger Kerl. Hast du heute in der Brotdose neben einem Scherz geschlafen oder was?" Wir könnten diese Unterhaltung vermutlich noch stundenlang so weiter führen, werden aber jäh durch das Eintreffen von Harald Hurricane und den Accordion Twisters unterbrochen. Eine riesige weiße Stretch-Limo, Bodennebel und „Also sprach Zarathustra" von Richard Strauss lassen keinen Zweifel daran, Harald Hurricane geht wandern. Er begrüßt die kreischenden Fans, nimmt Blumen entgegen, ich dreh mich zur Rosi und sage: „Wenn ich wandern gehe, passiert mir so was auch immer." Jetzt müssen wir natürlich schauen, dass wir gute Bilder machen. Harald Hurricane steht mittlerweile mit dem Bürgermeister auf der Bühne, die beiden sehen irgendwie aus wie Ernie und Bert oder Marianne und Michael – auf jeden Fall skurril. Harald Hurricane ist geschminkt und parfümiert wie ein Iltis, er trägt eine Lederhose und ein Trachtenhemd. Viele Touristen glauben übrigens immer noch, dass wir wirklich in Lederhosen durch die Berge wandern, dass wir zuhause in unseren nur durch Kachelöfen geheizten Stuben Hackbrett und Zither spielen, weil wir immer noch keinen Strom haben, und falls wir nach unseren Geschwistern suchen, jodeln wir einfach durchs Fenster. Wir wären ganz schön dumm, diese Klischees zu dementieren, schließlich leben wir vom Tourismus. Wir brauchen unsere Schilehrer, dann kommen die Schihaserl wie von selbst. Der Bürgermeister trägt heute eine sehr unvorteilhafte Fahrradhose, man merkt kleidertechnisch immer, wenn seine Frau mal nicht daheim ist. Diese Radlhose wird im Fasching der Renner werden, das weiß ich und ganz Kirchwaldhofen jetzt schon. Der Einzige der das Ausmaß bis dato nicht begriffen hat, ist der Bürgermeister. Die Route wurde mittlerweile besprochen, Harald Hurricane setzt sich mit dem Tross in Bewegung, der eigens engagierte Sicherheitsdienst hat einiges zu tun, um ihn vor seinen eigenen Fans zu schützen. Wir wandern also eine kleine Runde, die so geplant wurde, dass man sie selbst mit einer maroden Hüfte oder einem lädierten Knie problemlos schaffen kann. Wichtig sind dabei die Labestationen, dort wird musiziert und die Leute essen hier um ihr Leben. Frittatensuppe, Schweinsbraten und als Nachspeise einen Germknödel mit Vanillesauce sind noch die leichten Menüs, aber weil ich kein Spielverderber bin, esse ich mit und tue so, als ob das Ganze normal wäre und wir immer solche Portionen vertilgen würden. Im Grunde machen wir das ja auch, nur bei den Touristen fällt es uns mehr auf. Wir Tiroler bestellen eher so: „Ich hätte gerne eine Frittatensuppe und dann ganz ein kleines Stück Schweinsbraten und keine Nachspeise." Der Wirt kennt dich in diesem Fall natürlich und bringt dir eine extragroße Portion, die du nach einem mehrmaligen „Das schaffe ich nie!" problemlos isst. Danach fragt dich dein Tischnachbar in der Regel, ob du dir einen Germknödel teilen willst, was du natürlich bejahst. Nach einer weiteren halben Stunde bestellst du dir mit deinem Tischnachbarn einen weiteren Germknödel, weil du in der Zwischenzeit zu viel getrunken hast und was zum Essen brauchst. Das heißt in Summe essen wir nicht weniger, wir kaschieren unsere Völlerei nur geschickter. Total vollgefressen, was ja klar war, mache ich meine Fotostrecke. Auf dem Weg zur Toilette begegne ich Harald Hurricane, der mich sofort zur Seite zieht und sagt: „Hast du die fürchterliche Radlerhose vom Bürgermeister gesehen? Schorsch ich will unter keinen Umständen, dass Bilder von mir, dem Bürgermeister und diesem Unding in irgendeiner Zeitung gedruckt werden." „Was soll ich machen, ihm ein Rad vor die Hose retuschieren?" frage ich. Er blickt mich humorresistent an und sagt: „Kümmere dich darum, das sage ich kein zweites Mal." Gegen Nachmittag macht sich Harald Hurricane vom Acker, er muss sich mental auf das morgige Konzert vorbereiten und für Unterhaltung ist durch seine Band „The Accordion Twisters" gesorgt. Das ist ein wirklich lustiger Trupp, alles ausgezeichnete Musiker, die durchaus was drauf haben und sehr gerne, sehr lange und tief ins Glas schauen. Rosi und ich machen noch ein paar Bilder und dann müssen wir uns dringend auf den Weg in die Redaktion machen. Ich erzähle Rosi, dass sie heute den Bürgermeister via Photoshop noch umziehen muss, sie sagt: „Ich könnte ihm die legendäre Karl-Heinz-Grasser-Badehose anziehen", das kann ja heiter werden. In der Redaktion angelangt, begutachten wir die Bilder und Rosi macht sich daran den Bürgermeister in neue Kleider zu hüllen. Zuerst zieht sie ihm einen Smoking an, dann entscheiden wir uns aber für eine moderne Jean – naja, es ist eher eine Schlaghose. Wir senden eine Auswahl der besten Bilder an Presseagenturen, den Rest der Bilder übermitteln wir an unsere Kooperationspartner. Die Photoshop-Retusche dauert natürlich, Rosi ist zwar irrsinnig flink und versiert im Umgang mit dem PC, dennoch die Anzahl der Bilder ist schlichtweg erdrückend. Erst gegen Mitternacht verlassen wir die Redaktion, wenigstens können wir uns morgen halbwegs ausschlafen. Als ich endlich in meiner Wohnung angelangt bin, schlafe ich fast im Stehen ein, eine Nachteule war ich noch nie. Am nächsten Morgen hole ich mir meine auf der Fußmatte abgelegte Tageszeitung, die mir heute freundlicherweise nicht von Traudi gestohlen wurde, ab. Das von mir gemachte und von Rosi verfeinerte Bild hat es glatt auf die Titelseite der landesweit erscheinenden Tageszeitung gebracht. Die Schlaghose des Bürgermeisters sieht im Tageslicht noch fetziger aus, da haben wir ganze Arbeit geleistet. Es dauert auch nicht lange, bis er sich telefonisch bei mir meldet: „Warum hast du meine Hose retuschiert, jetzt denkt meine Frau ich habe eine Affäre, weil ich keine solche Hose habe." Wie formuliere ich das jetzt diplomatisch: „Bürgermeister, bei allem Respekt, ich schicke dir ein Foto von dir und der Radlerhose, vielleicht erkennst du dann, dass wir dir einen Gefallen getan haben. Das mit deiner Frau tut mir leid, ich kann ihr das gerne erklären, wenn du willst." Er reicht das Telefon an sie weiter und ich erkläre ihr die Situation. Im Hintergrund höre ich nur „Um Gottes Willen! Du bist mit dieser Radlhose auf die Bühne, ich fahre nie wieder weg und danke Schorschi!" Trotzdem schicke ich ihm noch schnell das Bild, es soll ihm als Warnung für zukünftige Kleidereskapaden dienen.

Kapitel 28

Ich gehe schnell zur Anna Becker, ich brauche dringend eine Ration Laugenstangerln. Was ich frühmorgendlich allerdings nicht brauche, ist der Wahnsinn, der sich heute in Kirchwaldhofen abzeichnet. Kamerateams aus Deutschland ziehen hektisch an Kabeln, ein Übertragungswagen hat sich bereits zentral positioniert und ich muss höllisch aufpassen, dass ich nicht über den Kabelsalat stolpere. Da kann so ein Gang zum Bäcker schnell zur Todesfalle werden. Aber egal wie schwierig es sich heute gestaltet, meine geliebten Laugenstangerln zu ergattern, ich gebe nicht auf. Endlich habe ich die Bäckerei Sieberer erreicht, wie in diesen US-Filmen, in denen die stets unschuldigen Protagonisten im Ausland Sicherheit in der amerikanischen Botschaft suchen. Gut, hinter mir wird jetzt nicht direkt geschossen und ich habe auch keine Verfolgungsjagd absolviert, aber gefährlich ist dieser Gang allemal. Die Anna hat mich schon erspäht und reicht mir – ohne dass ich etwas sagen muss – mein Sackerl. Als ich zahlen will, kommt es noch besser, sie sagt in typisch österreichischer Manier: „Passt schon." „Passt schon" sagen wir Österreicher eigentlich ständig und aus zahlreichen Gründen. Allerdings erfordert ein „Passt schon" schon einen gewissen Handlungsbedarf. So darf man zum Beispiel nie auf ein „Passt schon" einfach „Danke" sagen und sich dann verdünnisieren. Nein, das wäre ein Kardinalsfehler. Auf ein „Passt schon" reagiert man, indem man sagt „Nein, bitte lass mich zahlen." Dann kommt ein weiteres Mal ein „Passt schon" und nachdem man nochmal sagt „Das kann ich nicht annehmen, lass mich zahlen", kommt meistens eine Bitte, die schon lange gehegt wurde. So auch in diesem Fall. Anna und ich spielen das Spiel durch: „Nein, das kann ich nicht annehmen." sie sagt: „Passt schon." Und wir wiederholen das Spiel, wie üblich zweimal. Danach spuckt sie es aus und sagt: „Schorschi, hast du noch zwei Freikarten für heute Abend, die du nicht brauchst? Ich würde mir das Ganze so gerne live anschauen", sagt sie und reicht mir den Sack mit den Laugenstangerln. Daher weht der Wind, aber da ich wirklich noch zahlreiche Freikarten in der Tasche habe und die Anna eine wichtige kulinarische Säule in meinem Leben ist, gebe ich ihr die Karten gerne. Sie ist völlig aus dem Häuschen und sagt freudestrahlend: „Danke". Jetzt bin ich wieder dran und sage „Passt schon" und der Kreis schließt sich. Nach einem sensationellen Frühstück mit Spiegeleiern, frischem Speck und viel Kaffee geht es für mich jetzt ab in den alljährlichen Wahnsinn.

Kapitel 29

Bereits bei meiner ersten Runde durch Kirchwaldhofen wird mir klar, dass die zahlreichen Hütten, Bars und Stände nicht umsonst aufgebaut worden sind. Bereits um die Mittagszeit torkelt mir der Metzgerssohn Butch Kögl mit arger Schlagseite entgegen. Seine Schwester Shakira tanzt oder hüpft vielmehr wie ein Springbock zu einem Lied von Hubert von Goisern. Natürlich fotografiere ich die beiden, nur für den Fall, dass sie ihre Handys oder Schlüssel verlieren – das macht die anschließende Suche einfacher.

Der dicke Peppi hat ein Bier in der Hand und schraubt noch an der Hauptbühne herum, aber nur noch Kleinigkeiten, wie er mir versichert: „Wir wollen ja nicht, dass der Hurricane auf seinem herzförmigen Steg ein Rad schlägt", sagt er lachend, unser Heimwerkerkönig. Während des Nachmittags füllt sich Kirchwaldhofen signifikant, Kamerateams berichten live von dem Geschehen und das gesamte Konzert wird heute zudem noch live auf ORF 2 übertragen. Man kann nur hoffen, dass die Geschwister Kögl sich von Mikrofonen fernhalten. Die Fans stimmen schon Harald-Hurricane-Lieder an und sichern sich die besten Plätze und die Schlangen vor den Toiletten werden länger als eine durchschnittliche Blase an Kapazität aufweist. Während es einerseits die weitangereisten Fans gibt, fügen sich dem gegenübergestellt, wenn man so will, die „Eingeborenen", die sich das Ganze anschauen und als Dorffest betrachten. Natürlich sind zahlreiche Kirchwaldhofner direkt oder indirekt bei dieser Veranstaltung involviert. Mein Bruder Max zapft Bier beim Stand der Schützen und meine Schwester Johanna steht in der Schnapsbar mit einem bauchfreiem T-Shirt als Statistin herum. Ich mache mich auf den Weg zu ihr und nehme mir fest vor, keinen Kommentar wegen ihres Shirts abzulassen: „Hallo, Johanna! Freust dich schon auf das Konzert?" Ich beginne Konversationen mit ihr immer sehr vorsichtig, so, als ob man erst mal schaut, ob ein Hund beißt, indem man ihm den Handrücken hinhält. „Nein, die Mama hat mich hingeschickt, sie meint, ich soll mal wieder was im Dorf machen, ich wäre aber heute lieber bei einem Clubbing in Kufstein." Für Johanna-Verhältnisse war die Antwort sehr nett, ich versuche der Harmonie wegen jetzt bloß keinen Fehler zu machen: „Ja, ich würde auch lieber chillen", als ich mich das sagen höre, vernehme ich nur den verzweifelten Versuch eines Mittdreißigers, der bei seiner kleinen Schwester endlich als der coole Bruder angesehen werden will, der ich nie war, bin oder sein werde. „Schorschi, clubben und chillen sind zwei paar Schuhe, aber was rede ich überhaupt mit dir." Manchmal frage ich mich echt, woher ihre Wut und diese Arroganz kommen. Sie zeigt wie mein kaputter Taschenrechner in der Schule nur eins an:

Syntax-Error. Dabei habe ich mir sogar jeglichen Kommentar zu diesem viel zu kurzem Top verkniffen, es wäre ein leichtes Spiel gewesen, darauf einzugehen, aber was solls, ich versuche später noch einmal mit ihr zu reden. Vielleicht, oder auch nicht. Ich fotografiere alles und jeden einzelnen, das ist gar nicht einfach bei den vielen Menschen. Deswegen ist es gut, dass in der Zwischenzeit Rosi eingetroffen ist, sie knipst gut gelaunt dahin, das freut mich und motiviert mich zugleich. Wir laufen herum, überreden die Leute, uns ihre Zahnregulierungen zu zeigen, wir belehren Teenager, die Zigaretten aus dem Mund zu nehmen, nicht dass es morgen einen Anschiss von der Mama gibt.

So vergeht die Zeit wie im Flug, erst als mir meine Mama ein Bussi gibt, merke ich, dass meine zwei Mädls aufgetaucht sind. Ich bin froh, dass Mama und Traudi sich so gut verstehen. Der Papa ist auch da, er hält sich aber im Hintergrund und trinkt ein Bier mit dem Bürgermeister und dem dicken Peppi. Der Bürgermeister fotografiert eifrig und sagt zum Papa, dass er diese Bilder twittert, der schaut ihn nur an und sagt: „Ist schon gut, hast deine Radlhosen gestern auch fotografiert?" Der dicke Peppi lacht lauthals los, der Papa kann sich auch nicht mehr halten, nur der Bürgermeister zieht mit einem hochroten Kopf von dannen. Die Anna Becker winkt mir zu, mein lieber Schwan, die hat sich heute aber rausgeputzt, steht ihr gut das Dirndl. Ich schaue ihr gerade hinterher und bemerke gar nicht, dass Medusa und Alegra auf mich zukommen: „Herr Hofer, was stehen Sie hier so rum, in Ihrer Funktion als Reporter, sollten sie doch etwas wendiger sein." Zu meiner eigenen Verwunderung unterbricht sie Alegra und sagt: „Der Schorschi macht einen ausgezeichneten Job, das hat er vor ein paar Tagen eindrucksvoll bewiesen." Sie hat damit indirekt auf die Aktion mit der Tablettenüberdosis und meiner damit verbundenen Fluchthilfe angespielt. Jetzt bin ich aber schon beeindruckt. Die alte Hexe zieht wutentbrannt davon und Alegra steht etwas schüchtern neben mir. Ich bedanke mich für die Schützenhilfe. Sie entgegnet: „Das war das Mindeste, was ich tun konnte, wobei sie meint das nicht so. Im Grunde ist sie ein netter Mensch ..." Ich bin jetzt nicht mehr imstande Alegra zuzuhören, denn in wenigen Metern Entfernung sehe ich Lena mit einem Schönling am Arm an einer Bar stehen. Es ist das erste Mal, dass ich auf sie treffe, seit sie mich das zweite Mal betrogen hat. Was soll ich sagen, sie schaut leider gut aus, sehr sogar. Jetzt entdeckt sie mich und kommt mit dem Schönling auf mich zu. „Schorschi, das ist jetzt schon eine Weile her, wie geht's dir denn?" Ohne auf eine Antwort von mir zu warten plappert sie weiter: „Das ist mein neuer Freund, der Johann." Der Schönling gibt mir seine Hand, ich bin mir nicht sicher, ob es einer der Typen ist, mit denen ich sie in meinem Bett erwischt habe, kann es aber nicht ausschließen.

Mein Selbstwertgefühl und meine Männlichkeit schwinden in rasanter Manier, ich blicke gedemütigt auf den Boden und sage leise: „Gratuliere euch beiden." Da umarmt mich wie aus dem nichts Alegra und sagt: „Nein, Schatz, wir gratulieren euch!" Sie küsst mich auf die Wange und nimmt meine Hand, so als ob wir ein Pärchen wären. Ich schaue sie verwundert an, sie geht auf Lena zu und sagt: „Darf ich mich vorstellen, ich bin Alegra, die neue Freundin vom Schorschi." Lena fällt fast aus allen Wolken. Alegra lässt ihr aber gar keine Zeit sich zu fangen und schießt gleich hinterher: „Ich wollte mich nur bedanken, dass du ihn mehrfach betrogen hast, wenn das nicht passiert wäre, hätte er sich nicht von dir getrennt und ich hätte wohl meinen Traummann nie gefunden." Sie küsst mich wieder auf die Wange und Lena steht mit offenem Mund da, außerstande irgendwas zu sagen. Ihr Begleiter findet jedoch klare Worte und sagt zu ihr: „Du Schlampe, du hast zu mir gesagt, er hätte dich betrogen", und zischt wutentbrannt in der Menge ab. Lena sprintet mit Tränen in den Augen hinterher und ich schaue Alegra an und sage „Wow, was war denn das?" „Das war ich dir schuldig und das hat sie verdient." In der Zwischenzeit springen Traudi und Mama mit einer Prosecco Flasche auf uns zu, sie feiern die Situation wie einen Sieg in der Formel 1, sie umarmen und küssen Alegra, die sichtlich überrumpelt, aber auch erfreut über den Emotionsausbruch meiner Lieben ist. Auch der Papa hat die Situation beobachtet, er verspricht Alegra zehn Kubikmeter Brennholz und so viele selbstgefischte Forellen wie sie will, weil sie die Ehre des Buben wieder hergestellt hat. Und er hat damit nicht Unrecht, denn das hat sie wirklich.

Alegras Telefon klingelt, sie muss dringend weg, wie sie sagt. Wir herzen und umarmen sie alle, der Papa kriegt sich gar nicht mehr ein: „Gewaltiges Mädl, Schorschi, gewaltig!" Auch die Mama und die Traudi finden nur Lob für sie, nennen sie eine „Wahnsinnsbraut", was schon witzig ist, wenn man bedenkt wie schüchtern sie eigentlich ist. Mama sagt aber auch, dass die Medusa echt schlecht ausschaut, sie kann das vermutlich am besten beurteilen, da sie sie schon eine Weile nicht mehr gesehen hat, aber sie weiß auch nichts von ihrem Tablettenkonsum. Als Rosi zu uns stößt und von der Geschichte mit der Lena hört, beginnt die Springerei noch einmal von vorne und wieder fallen sich alle um den Hals und freuen sich einfach ungemein. Rosi ist außer sich, sie sagt: „Endlich hat diese Kuh bekommen, was sie verdient hat." Sichtlich angetan von all den Sympathiebekundungen mir gegenüber, breche ich auf in Richtung Bühne, die Show sollte bald losgehen. Auf dem Weg dorthin treffe ich noch einmal auf Lena, die verweint da steht und sagt: „Schorschi, es tut mir alles so leid, gib mir bitte noch eine Chance." Genau auf diese Situation habe ich so lange gewartet, ich hätte nie geglaubt, dass es genau heute, dass es generell irgendwann passieren würde. Ich habe mir hunderte Male überlegt, was ich zu ihr sagen würde und jetzt schaue ich sie nur noch an und das Schönste daran ist, sie ist mir plötzlich komplett egal. Das Einzige, was ich sage, ist: „Du danke, das ist lieb, aber wenn du mich so fragst: NEIN. Deine dummen Katzen schicke ich dir übrigens demnächst."

Und mehr habe ich ihr wirklich nicht zu sagen, das wars.

Kapitel 30

Von Energie angereichert mache ich mich auf den Weg zur Bühne, dieses Mal ohne Unterbrechungen aus der Vergangenheit. Backstage haben sich bereits die Accordion Twisters positioniert, eine junge Dame mit Headset gibt den altgedienten Herren barsche Anweisungen, die sie logischerweise komplett ignorieren. Ich mache noch ein paar Aufnahmen von der großen Bühne, den vielen Menschen und natürlich fotografiere ich speziell für Traudi den herzförmigen Steg, vielleicht lasse ich ihr Weihnachten eine Tasse mit diesem Motiv davon anfertigen. Ich gehe noch einmal hinter die Bühne und in weiter Entfernung kann ich Harald Hurricane ausmachen, der sich gerade mental auf seinen Auftritt vorbereitet. Er springt herum wie ein Boxer und ich kann seine Aufregung gut verstehen, immerhin ist er in wenigen Minuten nicht nur live auf der Bühne, sondern auch live im Hauptabendprogramm zu sehen. Die Medusa steht neben ihm, sie flüstert ihm etwas ins Ohr, das ihn offensichtlich gar nicht erfreut, zumindest wendet er sich von ihr ab. Sie zeigt ihm mahnend den Zeigefinger, es sieht jetzt aus der Distanz so aus, als ob er sich gegenwärtig entschuldigt, der gute Mann hat Nerven wie Drahtseile.

Wer kann schon von sich behaupten, wenige Minuten vor einen Live-Auftritt noch einen Streit mit der Medusa zu schlichten, Hut ab, jetzt umarmen sich die beiden sogar noch, der Mann ist wirklich ein Herzensbrecher und Charmeur der alten Schule. Die junge Dame mit Headset gibt nun Harald Hurricane die letzten Instruktionen, der Countdown läuft, in 10, 9, 8 Sekunden ist er live auf Sendung. Die Menge tobt, die Accordion Twisters stehen schon auf der Bühne und dann kommt sein Auftritt. Es dauert nur wenige Sekunden bis er die Menge voll im Griff hat, er spielt mit ihr, reißt sie mit. Die Leute schunkeln, sie sind gerührt, er scheint auf Abruf das gesamte Spektrum an Emotionen bei seinem Publikum abrufen zu können. Er singt seine Klassiker, bei „1.000mal geküsst" fließen bei dem einen oder anderen Fan sogar Tränen, die Frau mit Hut scheint vor lauter Ekstase fast zu kollabieren. Zwischen den Liedern hält er immer wieder kurze Ansprachen über die hohe Lebensqualität in Kirchwaldhofen, sehr zur

Freude vom Bürgermeister, die Sache mit dem zusätzlichen Baugrund dürfte hiermit endgültig genehmigt sein. Das kollektive Schunkeln ist voll im Gange, zu meiner großen Verwunderung sehe ich selbst die hartgesottensten Hurricane-Gegner im Schunkelmodus, das muss ich natürlich sofort fotografieren. Wann bekommt man schon den dicken Peppi, der zu meiner Überraschung überaus textsicher ist, mit einem Leuchtstäbchen in der Hand vor die Linse? Traudi schunkelt, Rosi schreit „Haraaaaaald" und Max tanzt eng umschlungen mit Anna Becker. Es ist so, als ob Harald Hurricane ganz Kirchwaldhofen einer kollektiven Massenhypnose unterzogen hat, auch mich erwischt es langsam, mein rechter Fuß fängt schon an zu twisten. Ich fotografiere wie wild und mache ein paar passable Bilder, die sich sicher gut publizieren lassen. Harald Hurricane ist schon bei seiner letzten Zugabe und kündigt seinen letzten Song an. Er sagt: „Liebe Freunde, ich weiß, wie es ist, die Liebe zu suchen, ich weiß, wie es ist, alleine zu sein und sich nach Geborgenheit zu sehnen. Ich weiß, aber auch, wie wichtig Freunde im Leben sind, gerade an Tagen, an denen man sich einsam fühlt.

Darum singe ich den nächsten Song für meine Freundin Liz Seethaler ..." – Wow, das wird im Hauptabendprogramm gesendet, die Medusa hat es wieder mal geschafft, eine Telemarklandung mit Bestnoten zu bekommen. Ja, die Medusa hat ihm zu seiner Karriere verholfen, und heute hat er sich dafür revanchiert, ich kann schon leise erahnen wie unausstehlich arrogant sie am Montag sein wird. Jetzt heißt es aber für mich ab in die Redaktion, ich schicke die besten Bilder weiter und mache mich müde auf in Richtung Wohnung. Der Heimweg gestaltet sich schwierig, Kirchwaldhofen ist noch nicht bereit, schlafen zu gehen. Max tanzt noch immer mit der Anna Becker, Traudi und Mama kichern eingehakt und offensichtlich leicht beschwipst um die Wette. Der Bürgermeister lobt die Accordion Twisters, Papa schunkelt mit dem dicken Peppi und ich schaue, dass ich mich heimlich an allen vorbeischleichen kann, denn ich habe nur noch einen Wunsch: schlafen.

Kapitel 31

Ich schlafe wie ein Murmeltier und verbringe einen gemütlichen Sonntag ganz nach meinen Geschmack mit einem guten Buch und noch besserem Essen. Heute habe ich mir zur Feier des Tages ein Grillhendl mit Curryreis und einem gemischten Salat gemacht und ich muss schon sagen, es schmeckt wunderbar. Trotz des relativ kurzen Wochenendes gehe ich am Montag gut gelaunt in die Arbeit und da gibt es natürlich Einiges zu tun und noch mehr zu bereden. Rosi ist auch schon da, wir trinken einen Kaffee, wir albern herum und freuen uns miteinander. Diese kollektive gute Laune hängt bei mir natürlich immer noch mit Alegras Auftritt und Lenas finalem Abgang zusammen. Ich muss schon sagen, das hat mich regelrecht beflügelt. Rosi kann es immer noch nicht fassen, dass Harald Hurricane die Medusa live – ihrer Ansicht nach – „angeschleimt" hat: „Schorschi, die Habergoaß hat zurückgeschlagen", ich muss lachen, weil die Bezeichnung „Habergoaß" für sie schon was hat. Die Habergoaß ist eine Dämonengestalt, die hierzulande oft eingesetzt wird, um Kinder einzuschüchtern. Eltern, die kurz vor dem Burn Out stehen und nicht mehr wissen, wie sie ihre Kinder zum Parieren bringen, drohen ihren Sprösslingen damit, dass die Habergoaß sie holen wird. Vielleicht ist diese Methode nicht zwingend pädagogisch wertvoll, aber in jedem Fall sehr effektiv. Da ja keiner wirklich weiß, wie die Habergoaß ausschaut, und die, die sie gesehen haben, nicht mehr von ihr berichten können, hat jedes Kind ein eigenes Bild von ihr. Aber irgendwie soll es schon eine Ziege sein, mit Pferdehufen, verunstaltet und den Rest kann man sich ja selbst konstruieren, was die Sache natürlich noch fantasiereicher und angsteinflößender macht. Wir widmen uns allmählich wieder unserer Arbeit und basteln an unserer Zeitung.

Kapitel 32

Gegen 18 Uhr fliegt die Tür auf und der dicke Peppi steht plötzlich verschwitzt und atemlos vor meinem Schreibtisch. „Peppi, was ist denn los mit dir, hast ein Leuchtstäbchen verschluckt?" frage ich ihn, aber er geht gar nicht darauf ein. Er japst nach Luft, ist sichtlich aufgebracht und als er sich endlich gefangen hat, sagt er: „Habt ihr es schon gehört? Die Medusa ist tot!" Ich schaue ihn skeptisch an, weil ich das jetzt einfach nicht glauben kann. „Wie, die Medusa ist tot, woher weißt du das? Und nein, das kann ich jetzt wirklich nicht glauben." Die Rosi steht jetzt neben mir und sagt zum dicken Peppi: „Mit so was macht man keine Witze, auch wenn sie keiner von uns mag." Da kann ich ihr nur beipflichten, aber der dicke Peppi scheint es wirklich ernst zu meinen. Ich sage noch einmal: „Peppi, wenn das ein Witz ist, dann kein guter und wie kommst du überhaupt darauf?" „Ja, die Hertha hat es mir gerade in der Wurstabteilung erzählt", sagt der dicke Peppi immer noch ganz außer Atem. Schön langsam werde ich lieber Vegetarier, denke ich mir, es ist doch nicht zu glauben, was für Gerüchte in der Wurstabteilung in Umlauf gebracht werden. Rosi sieht das ähnlich und sagt: „Du weißt aber schon, dass die Hertha eine richtige Ratsch ist." Da hat die Rosi vollkommen Recht, es kann nämlich gut sein, dass sie eine Stretch-Limo mit einem Leichenwagen verwechselt, aber sicherheitshalber trotzdem jeden von ihren Observierungen erzählt. Da der dicke Peppi mittlerweile grantig wird und ich nichts von Gerüchten dieser Art halte, greife ich zu meinem Handy und wähle Medusas Nummer. Sie geht nicht ran, was aber nicht gleich heißen muss, dass sie tot ist. Wirkliche Beweise hat der dicke Peppi auch nicht für seine Theorie. Er behauptet aber trotzdem felsenfest, dass das stimmt „und aus" wie er sagt. Wenn es um seine handwerklichen Fähigkeiten geht, so ist der dicke Peppi ein Genie, wenn es aber um rhetorische Belange geht, so liegen seine Fähigkeiten, sagen wir mal, eher im Argen. Er macht sich wieder auf den Weg und lässt Rosi und mich verwirrt zurück. Ich bin jetzt auch nicht sonderlich routiniert in solchen Situationen. Kommt ja schließlich nicht jeden Tag vor, dass jemand totgesagt wird, zumal Totgesagte bekanntlich länger leben. Naja, in meinem Kopf gehts jedenfalls rund, auch über Rosis Kopf hängen richtige Blasen wie in einem „Lustigen Taschenbuch". Wir wissen beide, dass wir Licht ins Dunkel bringen müssen. Wir brechen auf in Richtung Neuwirt, vielleicht erfahren wir dort mehr. Auf dem Weg dorthin sprechen Rosi und ich kein Wort, jeder ist im Dunstkreis seiner Gedanken, die Worte des dicken Peppis haben schon ihre Wirkung erzielt. Im Lokal ist der Alltag voll im Gange, wobei – wenn man genauer hinschaut und hinhört – wird Eines schnell klar: hier stimmt was nicht. Die eingangs empfundene Idylle ist trügerisch, ebenso die Bewegungen der Belegschaft, auch die Gespräche am Nachbartisch wirken irgendwie gedrosselt. So, als ob jeder zwar die Gerüchte vernommen hat, aber keiner weiß, ob es wirklich stimmt. Ich bestell mir eine Brettljause und ein Weißbier, wenn ich schon mal da bin für eine Recherche der anderen Art, kann ich es mir ja trotzdem gut gehen lassen. Und wenn ich jetzt mal ganz ehrlich zu mir bin, würde mich Gesetz des Falles, dass die Medusa, ADB, Habergoaß wirklich tot ist, die Nachricht zwar schockieren, aber sagen wir mal so, Antidepressiva müsste man mir keine verschreiben. Nachdem Rosi zuerst meine Bestellung als pietätlos bezeichnet hat, hat sie sich zwischenzeitlich doch dazu herabgelassen, auch ihre Wartezeit etwas zu versüßen. Sie sitzt mir gegenüber mit einem riesigen Bananensplit und tut so, als ob ihre Bestellung der Situation angepasster wäre, zumindest blickt sie erhaben. Wenn ich sie nicht so gut kennen würde, könnte man glatt meinen, sie blickt traurig in die Runde, wobei sie in Wirklichkeit einfach ihr Eis genießt. Ich kann nicht anders und sage: „And the Oscar goes to Rosi Geiger." Sie kennt sich natürlich gleich aus und sagt ganz ernst: „Und, wenn es wirklich stimmt?". „Jetzt warten wir mal ab, solche Gerüchte sind schnell in Umlauf gebracht, zumal man sie vermutlich nur mit einem Pflock ins

Herz töten könnte." Rosi lacht und wir essen zuerst einmal in Ruhe, dann können wir uns immer noch dem Kirchwaldhofner Klatsch und Tratsch hingegeben. Ich meine, ich kann ja nicht einfach Alegra anrufen und sie fragen: „Stimmt das, dass deine Mama tot ist?" Nein, das ist vermutlich keine gute Idee. Aber wenn ich jetzt so die Geschehnisse der letzten Wochen Revue passieren lasse, muss ich schon sagen, dass die Medusa sehr oft schlecht ausgeschaut hat. Von ihren Furzattacken jetzt mal ganz abgesehen. Ihre Tablettensucht ist sicher ein Problem, das in den vergangenen Wochen auch für uns offensichtlich wurde. Plötzlich geht die Tür auf und der Pfarrer kommt herein, wenn jemand über das Er- und Ableben seiner Schäfchen informiert sein sollte, dann er. Ich gehe auf ihn zu und frage ihn ganz direkt: „Es kursieren Gerüchte, dass unsere Chefin …". Er unterbricht mich und sagt: „Schorschi, mein Sohn, die Gerüchte stimmen leider, wir haben unsere werte Liz Seethaler gestern verloren."

Kapitel 33

Jetzt muss ich schon sagen, dass mich diese Nachricht, obwohl partial bereits angekündigt, trifft wie ein Hammerschlag. Wie gesagt, es ist hinlänglich bekannt, dass ich diese Frau überhaupt nicht leiden konnte, aber dass sie jetzt tot ist, schockt mich einfach. Sie war wirklich kein netter Mensch, um ehrlich zu sein, ich habe sie oft verflucht und noch mehr verachtet. Vielleicht fühle ich mich gerade deswegen so betroffen, weil ich mir insgeheim zwar nicht ihren Tod gewünscht habe, aber zumindest, dass sie auf Nimmerwiedersehen verschwindet, was jetzt auch der Fall ist. Rosi schaut mich betroffen an, sie hat vermutlich die gleichen Gewissensbisse wie ich. Es dauert natürlich nicht lange, bis sich die Nachricht vom Neuwirt aus verbreitet. SMS werden verschickt, Telefonate werden geführt, die alle so beginnen: „Hast schon gehört ...". Die Gerüchte werden jetzt offiziell bestätigt. Ich versuche, den Pfarrer noch etwas auszuhorchen, der blockt aber ab, genauso wie bei der Diskussion, die ich mit ihm über die Aufhebung des Zölibats geführt habe. Vielleicht sollte man deshalb auch nicht von einer Diskussion, sondern eher von einem Monolog sprechen – egal. Jetzt drehen sich meine Gedanken um Alegra, die ihre Mutter mehr als geliebt hat, sie hat sogar die Reise nach Amerika organisiert, um ihr zu helfen – leider zu spät. Ich überlege, ob ich sie anrufen soll, traue mich aber nicht, weil ich nicht weiß, was ich sagen soll. Es ist gar nicht so einfach, hier die richtigen Schlüsse und Entscheidungen zu treffen. Obwohl ich überhaupt keine Ahnung habe, wie die Medusa gestorben ist, tippe ich auf einen Herzinfarkt, Schlaganfall oder eine unbedachte Überdosis an Tabletten. Selbstmord schließe ich aus, das würde nicht zur Medusa und dem Bild, das ich in den vergangenen Jahren von ihr bekommen habe, passen. Rosi und ich machen uns auf den Weg. Auf dem Dorfplatz erzähle ich ihr von meinem Verdacht mit der Überdosis. „Könnte schon was dran sein. Ich glaube, die hat die Tabletten nicht gegessen, sondern gefressen. In letzter Zeit konnte sie das nicht mehr wirklich kaschieren." Wir schauen uns beide an und ich sage: „Irgendwie habe ich ein schlechtes Gewissen, weil, weil …" Rosi unterbricht mich und sagt: „Weil du nicht ganz traurig über ihren Tod bist, und dich dafür schämst?" Ich nicke und weiß jetzt, dass es ihr gleich geht. „Ich habe auch ein schlechtes Gewissen, weil ich neulich nicht die Rettung angerufen habe, als es ihr so schlecht ging", sage ich leise in Rosis Richtung. „Es war ihre Entscheidung, sie wollte partout keinen Arzt, du brauchst dir hier absolut keine Vorwürfe zu machen, Schorschi." Rosis Worte tun mir gut, obwohl ich mich hier gedanklich im Moment im Kreis drehe.

Wir verabschieden uns, zuhause angelangt, finde ich keine Ruhe. Ich kann es einfach nicht glauben, die Medusa ist tot! Mir fällt irgendwann noch ein, dass ich unser montägliches Familienritual vergessen habe, das ist mir schon lange nicht mehr passiert. Um genau zu sein, das letzte Mal, als mich Lena betrogen hat.

Kapitel 34

Hundemüde mache ich mich am nächsten Tag auf den Weg zur Anna Becker. Tod hin oder her, ich habe Hunger. Als ich gerade

die Bäckerei betrete, treffe ich auf Max, allmählich erhärtet sich der Verdacht, dass die beiden Gefallen aneinander gefunden haben. Die Anna Becker ist natürlich ganz aufgebracht, wie ganz Kirchwaldhofen. Irgendwie tun alle so, als ob sie tief ergriffen wären vom Ableben der Medusa, wenngleich jeder für sich weiß, dass er sie nicht leiden konnte. Vielleicht gerade deswegen. Ganz Kirchwaldhofen ist jedenfalls in kollektiver Pseudotrauer – so wie ich Heuchler auch. Anna Becker sagt sogar Sätze wie: „Gott hab sie selig." ich stell mir gerade die Medusa neben dem Gott vor, vermutlich scheißt sie ihn gerade zusammen, weil die Wolken nicht richtig geputzt sind. Ich hole mir meine Ration Laugenmethadon und gehe ein paar Schritte mit Max der Straße entlang. Ich frage den Max relativ direkt und unverblümt: „Du und die Anna, was geht denn da ab?" Er wird schlagartig rot, sogar sein großer Zinken fängt Feuer, aber nach einiger Zeit sagt er: „Ja, schauen wir mal" und grinst mich dabei an wie ein Honigkuchenpferd. „Bitte behandle meine Laugendealerin wie einen Goldschatz, du weißt, wie gerne ich ihre Laugenstangerln mag. Insofern ist mir lieber, wenn du gleich auf Nummer sicher gehst und sie heiratest."

Nachdem er mir versichert, dass er nur die besten Absichten mit der Anna hat und mich laugentechnisch etwas beruhigt, sagt er, dass die Mama gestern Zillertaler Krapfen gemacht hat. Das ist jetzt allerdings sehr ärgerlich, es ist fast so, als ob man seinen Lottoschein mit sechs richtigen Tipps nicht mehr findet, denn so ein Zillertaler Krapfen ist der Zenit der Tiroler Küche. Gut, Bladl mit Kraut oder Pressknödel sind vielleicht noch adäquate Konkurrenten, aber Zillertaler Krapfen sind halt schon etwas Sensationelles. Das sind so lokale Gepflogenheiten, die Zugereiste nicht unbedingt verstehen.

Wir Tiroler essen unseren geliebten Graukäse, am liebsten mit einem grünen oder grauen Schimmel und ich rede hier nicht von Pferden. Ja, unsere Essgewohnheiten sind schon außergewöhnlich genial, ganz zu schweigen von unseren Trinkgewohnheiten.

So hält die Wildschönau, ein prächtig gelegener Ort unweit von Kirchwaldhofen, das Monopol auf die Produktion eines Schnapses mit dem Namen „Krautinger". Das stammt noch aus der Zeit der Kaiserin Maria Theresia, die den damals armen Bergbauern helfen wollte. Nun hat der Krautinger einen recht ungewöhnlichen, sagen wir mal, deftigen Geruch und Geschmack, er wird nämlich aus sogenannten „Soachrüben" – also weißen Stoppelrüben – hergestellt. Was ich damit sagen will, ist, dass man manche kulinarische Dinge besser verstehen kann, wenn man damit groß geworden ist, zumal man die Möglichkeit hat, sie mehrfach zu probieren. Was den Krautinger betrifft, so musste ich selbst auch erst hineinwachsen.

Ich kann gar nicht sagen, wie oft ich ihn heimlich wieder ausgespuckt habe, aber irgendwann wurde aus Abneigung Liebe und jetzt könnte ich nicht mehr ohne. Zumal dem Krautinger nachgesagt wird, bei Magenverstimmungen ein ausgezeichneter Ersthelfer zu sein – das kann ich nur bestätigen. Wer einmal an einem Krautinger gerochen hat, dürfte nicht verwundert sein, dass jegliche Bakterien, Viren oder was auch immer sofort das Weite suchen. Ich merke gerade, dass ich wieder einmal total woanders mit meinen Gedanken bin, aber das ist halt immer so, wenn ich über kulinarische Dinge nachdenke. Mittlerweile bin ich in der Redaktion eingetroffen, ich esse meine Laugenstangerln und weiß nicht wirklich, was ich von den jüngsten Entwicklungen halten soll. Es fällt mir merklich schwer, mich zu konzentrieren, aber da ich nun mal eine Zeitung machen muss, tue ich genau das. Die Berichte über das Harald-Hurricane-Konzert.

Die habe ich bereits vorher weitestgehend – sagen wir mal vorhergesehen. Jetzt stellt sich nur die Frage, ob ich für die aktuelle Ausgabe einen Medusa-Nachruf verfassen soll. Schnell wird mir klar, dass ich es tun muss, mir fällt aber sofort auf, dass ich so rein gar nichts über sie weiß. Ich meine, ich muss ja irgendetwas Nettes und halbwegs Wahres über sie schreiben, aber um ehrlich zu sein, mir fällt keine nette Geste, nicht mal eine Kleinigkeit ein.

Das ist bei näherer Betrachtung schon etwas ungewöhnlich, wenn es so gar nichts gibt, so wirklich überhaupt nichts Nettes an einem Menschen. Gut, einparken konnte sie gut, aber damit kann ich jetzt auch keinen Artikel aufblasen. „Was noch, Schorschi denk nach", sage ich angespannt zu mir selbst. Aber außer, dass sie wie gesagt, gut einparken konnte, fällt mir nichts, absolut gar nichts Positives ein.

Ich drehe den Spieß um und notiere mir die negativen Facetten von ihr, um vielleicht im Umkehrschluss auf positive Seiten zu stoßen. Nachdem ich drei Din A4-Seiten vollgeschrieben habe, merke ich, dass ich hier nicht weiter komme. Es nützt nichts, ich muss raus ins Geschehen und zu den Menschen, es wird sich doch irgendwer finden, der etwas Nettes über sie sagen kann.

Kapitel 35

Ich werde zu meinem Erstaunen schnell fündig, denn der Bürgermeister findet nur lobende Worte für die ehrenwerte Frau Seethaler. Er betont, wie unermüdlich ihr Einsatz für das Wohl der Gemeinde war, ich habe zwar keine Ahnung, was er damit meint, bin aber dennoch froh, Material für meinen Nachruf zu bekommen. Der Bürgermeister weiß übrigens auch nichts über ihre Todesursache. Er sagt, ich soll mich bei ihm melden, sobald ich etwas in Erfahrung bringen konnte. Auch der Metzger Kögl findet nur lobende Worte für die Medusa. Er bezeichnet sie als „starke Frau, die stets für alle da war". Dennoch kann ich mich nicht erinnern, dass die Medusa „stets für alle da war" oder falls sie – wie vom Metzger erwähnt – da war, war ich gerade nicht da? Ich bin – zugegeben – schon etwas verwundert, denn je mehr Leute ich interviewe, umso mehr wird die Medusa als netter Mensch, nein, schon fast als Heldin dargestellt. Sie wird plötzlich als „warmherzig", „herzensgut" und „große Bürgerin" bezeichnet.

Sogar die Anna Becker findet nur lobende Worte und allmählich frage ich mich wirklich, was hier los ist. Ich war doch vor einigen Tagen dabei, als die Medusa sie zur Schnecke gemacht hat und jetzt redet sie von ihr, als ob sie ein Engel gewesen wäre. Als ich Rosi befrage und die auch noch sagt, dass die Medusa schon auch ihre netten Seiten hatte, reißt mir die Schnur: „Was ist mit euch allen los? Wollt ihr jetzt einen Medusa-Fanclub gründen? Gestern haben wir sie noch alle verflucht und heute wird sie von jedem wie eine Heilige dargestellt." Mir ist schon klar, dass der Großteil der Kirchwaldhofner ein schlechtes Gewissen hat, weil wir sie alle verflucht haben, aber sie jetzt als Heldin darzustellen, geht mir dann doch zu weit. „Spart doch schon mal für eine Statue", sage ich aufgebracht zu Rosi und lege gleich nochmal nach: „Dein schlechtes Gewissen in allen Ehren, aber bitte bleib bei der Wahrheit." „Wenn du es so willst, bitte. Sie war eine blöde Kuh, die ich nicht vermissen werde", sagt Rosi ganz aufgebracht. „Na bitte, es geht doch." Vielleicht wandle ich das noch etwas für den Nachruf ab, aber im Kern hat sie allemal Recht.

Es ist schon dubios, wie sich plötzlich alle verhalten und da nehme ich mich selbst gar nicht aus. Bis dato konnte ich immer noch nichts Konkretes über den Todeshergang in Erfahrung bringen, der Pfarrer schweigt nämlich wie ein Grab und bis jetzt kursieren nur Gerüchte über das Ableben der Medusa. Viele reden von Selbstmord wegen der Scheidung, denn das mit der Tablettensucht wissen ja nicht alle. Ich habe es auch nur erfahren, weil ich sie „bergen" musste. Ich denke noch mal an das Gefurze – nein das macht man nicht. Ich zwinge mich nicht mehr daran zu denken, weil der Tod ja ernst sein muss und man nicht an furzende Tote denken darf – glaube ich jedenfalls. Natürlich klingelt bei mir ständig das Telefon, jeder glaubt, dass ich bestens informiert sei, dem zugrunde liegt natürlich eine gewisse Sensationsgeilheit, von der ich mich selbst überhaupt nicht ausnehme. Ich lauere zu meiner eigenen Schande auch hinter jeder Mauer und Hecke, nur um Informationen zu bekommen. Dabei bräuchte ich eigentlich nur Alegra oder den Karl Seethaler anzurufen, irgendwie traue ich mich das aber nicht. Was ist, wenn sie gerade dabei sind, einen Sarg auszusuchen. Nein, da will ich lieber nicht stören. Wie immer in solchen Situationen zieht es mich wie einen Magneten heim zur Mama, vielleicht hat die eine Lösung für all meine Fragen und falls nicht, hat sie sicher was Gutes zum Essen.

Kapitel 36

Endlich daheim angelangt, umarmt mich die Mama, als ob ich gerade einen tragischen Verlust hinnehmen musste. Ich sage ihr, dass sie sich beruhigen soll, und hoffe inständig, dass sie nicht auch von der kollektiven Medusa-Euphorie angesteckt worden ist. Vermutlich lässt sich das mit „jein" beantworten, denn sie artikuliert klar, dass die Medusa phasenweise eine sehr gemeine Frau war, dennoch sollte man sie als netten Menschen in Erinnerung behalten. Ich frage sie, wie man einen gemeinen Menschen in netter Erinnerung behalten kann, sie streicht mir über die Wange und sagt: „Versuche es einfach." Versteh einer die Eingeborenen hier, ich konzentriere mich jetzt lieber ganz auf die kulinarische Verpflegung mütterlicherseits. Als ich satt meine Gabel auf den Teller lege und mir den Mund mit der Stoffserviette abgewischt habe, fragt mich die Mama, ob ich schon etwas von Alegra gehört habe. „Nein, ich traue mich nicht anzurufen", sage ich wahrheitsgetreu, „was sagt man auch in einer solchen Situation?" Das stimmt wirklich, ich kann ja nicht sagen, deine Mutter war zwar eine ganz schöne Beißzange, aber dich finde ich sensationell. Meine Mama unterbricht meine Gedankengänge und sagt: „Du musst sie anrufen, sie hat sich so für dich eingesetzt beim Konzert, vielleicht braucht sie dich jetzt, du weißt, wie sehr sie an ihrer Mutter hing." Vielleicht ist das ganz genau der Grund, warum ich mich so schwer tue sie anzurufen, weil ich nicht um die Medusa trauere, im Gegenteil.

So brutal das klingt, beruflich ist ihr Abgang das Beste, was mir passieren konnte, endlich kehrt wieder Ruhe ein beim „Kirchwaldhofner Wochenblatt". Zugegeben, jetzt schäme ich mich schon ganz schön für meine Gedanken, aber was soll ich machen? Mir die Zunge mit Seife waschen? Nachdem ich mich von der Mama verabschiedet habe und sie mir diesen Bitte-mach-was-wir-besprochen-haben-Blick nachwirft, mache ich, was wir besprochen haben und rufe Alegra, wenn auch unter enormen innerlichen Protest, an.

Alegra geht nicht ran, obwohl ich es sicher sieben Mal klingeln lasse. Ehrlich gesagt bin ich erleichtert darüber, dass sie nicht ran geht, wenngleich ich mir allmählich ernsthafte Sorgen um sie mache.

Kapitel 37

Als ich gerade den Dorfplatz überquere, vernehme ich das knatternde, geniale Geräusch meines Lieblingsautos, Karl Seethaler und der Mustang machen sich auf dem Dorfplatz breit. Er steigt gerade aus seinem Auto, ich gehe auf ihn zu mit ausgestreckter Hand und bekunde ihm mein Beileid. Er hält kurz inne und sagt: „Danke Schorschi, das war echt ein Schock." „Weiß man schon etwas wegen der Todesursache?" frage ich den Karl, der wiederum auf seine Uhr schaut, so als ob er einen Vorwand sucht, um hier rasch wegzukommen. „Es wird ein toxikologisches Gutachten geben, man hat sehr viele Tabletten neben ihr gefunden, das bleibt aber unter uns." Als ich den Karl frage, wie es der Alegra geht, blickt er mich ganz traurig an und sagt: „Sie hat ihre Mutter verloren. Nicht nur das, sie hat sie tot aufgefunden. Du kannst dir sicher vorstellen, dass es ihr furchtbar mies geht. Die beiden hatten eine tiefe Bindung zueinander." Ich muss zugeben, das erschüttert mich jetzt wirklich zutiefst. Alegra hat ihre tote Mutter gefunden, ich will mir gar nicht ausmalen, wie das alles war. Dabei hatte sie sich sogar um einen Therapieplatz in den Staaten gekümmert.

Ich muss zumindest versuchen, für sie da zu sein, sage ich zu mir selbst. „Wie lange dauert das mit dem toxikologischen Gutachten und wann ist die Beerdigung?" frage ich den Karl. Er teilt mir mit, dass die Beerdigung am Wochenende sei, das Ergebnis des Gutachtens wird aber wohl noch einige Wochen dauern. Er verabschiedet sich und lässt mich allein zurück. Als ich aufschaue, merke ich, dass es kein Leichtes sein wird, diese Informationen geheim zu halten. Rein „zufällig" pflanzt der dicke Peppi am Boden neben mir Blumen und auch die Hertha vom Kaufladen ist in Lauschweite. Jetzt kann man im Grunde nur noch die Stoppuhr stellen und warten, wie lange es dauert, bis diese Informationen in jeglicher Abwandlung die Runde machen.

Kapitel 38

Ein paar Tage später höre ich von Rosi, dass der Karl Seethaler mir erzählt haben soll, dass die Medusa gekokst hat und man auch Propofol neben ihrer Leiche gefunden hat, das ging ja schnell. Da man Gerüchte zumindest in Kirchwaldhofen, wenn sie erst in Umlauf geraten sind, sowieso nicht mehr aufhalten kann, lasse ich den Dingen ihren Lauf und konzentriere mich auf meine Arbeit. Der Umstand, dass ein toxikologisches Gutachten durchgeführt wird, ist für die Kirchwaldhofner eine noch nie dagewesene Sensation. So etwas kennt man nur von Michael Jackson oder Amy Winehouse. Es ist ein bisschen so, als ob in unserem Dorf gerade die erste Staffel von CSI Kirchwaldhofen gedreht wird. In der Zwischenzeit ist es mir gelungen, einen ganz passablen Nachruf zu verfassen. Das habe ich vor allem für Alegra gemacht, von der ich bis dato – trotz mehrfacher Versuche sie zu erreichen – immer noch nichts gehört habe. Die Beerdigung findet morgen statt und wieder einmal sind alle Bewohner in die Vorbereitungen eingebunden. Fakt ist nämlich, dass die Medusa ihre Beerdigung testamentarisch geregelt hat und es wäre nicht die Medusa, wenn sie einen normalen Abgang gewählt hätte. Als allererstes hat sie veranlasst, dass ihre Asche in achte Teile aufgeteilt wird. Sieben Teile davon bekommt Alegra, sie muss alle Kontinente der Welt damit bereisen um die Asche ihrer Mutter auf jeden Kontinent der Welt zu verstreuen. Es kann somit zukünftig durchaus passieren, dass die Menschen in Afrika plötzlich vermehrt über schlechte Laune oder Kopfschmerzen klagen werden oder sich demnächst normalerweise überaus höfliche Asiaten anschnauzen werden. Eigentlich sollten weltweite Reisewarnungen von den jeweiligen Außenministerien ausgesprochen werden, zumindest in den Epizentren und Peripherien der Dunstwolke der Medusa. Nachdem, wie gesagt, die Medusa auf allen sieben Kontinenten verstreut ist und uns zukünftig als Global Player per excellence permanent umgibt, ist der achte Teil für ihre Beisetzung in Kirchwaldhofen bestimmt. Es wäre hierbei allerdings töricht von einer normalen Grabstätte zu sprechen, ein Mausoleum trifft es hier wohl eher. Im Vergleich zur Medusa ruht Evita Peron gelinde gesagt bescheiden, selbst Tutanchamun würde hier vor Neid erblassen. Ich entdecke den dicken Peppi, der gerade dabei ist, eine große Leinwand der Medusa zu enthüllen, mir läuft ein leichtes Schaudern über den Rücken. Sie schaut mich mit diesem durchdringenden Blick an. Selbst nach ihrem Tod bringt sie es fertig, auf mich herab zu schauen. Der dicke Peppi betrachtet das Bild und sagt: „Vom Stalin hatten die Russen damals auch so große Leinwände." Was sagt man darauf? Ich komme gar nicht wirklich dazu, darüber zu lachen, weil der Pfarrer schon mit seinen Ministranten im Anmarsch ist. Er bereitet die armen Kinder auf die morgige Beerdigung vor wie für den Abfahrtslauf auf der Streif, er geht mit ihnen die Strecke durch, es fehlen nur noch Helmkamera und Stöcke. Von der Dramaturgie her lässt die morgige Beerdigung keinen Platz für Zufälle. Es würde mich nicht wundern, wenn man das Ganze live im Fernsehen übertragen würde, wie bei Kaiserin Zita. Genauer betrachtet, fällt dem geschulten Auge durchaus auf, dass die Zapfanlage und das Discozelt bereits, von den Gemeindearbeitern außerhalb des Pietätsdunstkreises aufgebaut wurden. Ich sag ja, wir feiern faktisch alles und jeden und wenn wir schon das schöne Zelt haben, warum sollten wir uns nicht eine Oase des Rückzuges verschaffen. Ich pilgere also ins Discozelt oder – wenn man so will – ins Nirvana und treffe dort auf den Max und die Anna Becker: schon wieder als Zweierpack. Allmählich erinnern mich die beiden an ein Weinbeerweckerl, stets im Doppelpack und am liebsten unzertrennlich. Der Bürgermeister hantiert gerade mit seinem Handy, vielleicht twittert er gerade. Ich male mir seinen neuesten Tweet aus:

„#Kirchwaldhofen wird ab sofort in #Medusalem umbenannt"

Oder auch:

„Ei, Ei, Ei, Ei, die # Habergoaß is weg"

Der Bürgermeister kommt auf mich zu und fragt mich: „Schorschi, was ist denn mit dir los, du schaust so nachdenklich, bist sicher sehr traurig über den Tod deiner Chefin." „So traurig wie wir alle", entgegne ich und das lassen wir beide mal so stehen. Max nimmt mich in den Arm und sagt: „Ein großer Verlust für die Menschheit, aber ein kleiner Verlust für Kirchwaldhofen, nein scheiße, umgekehrt." Jetzt, wo es schon raus ist, kann ich ihm auch nicht mehr helfen, zumal ich es gar nicht so unpassend finde mit den sieben Kontinenten und so. Wir trinken schnell ein Bier, wobei wir alle kollektiv ein schlechtes Gewissen bekommen.

Irgendwie ist es schon ironisch, dass sie selbst über ihren Tod hinaus über uns bestimmt und alle zum Schwitzen oder zumindest ins Grübeln bringt. Aber das wirkliche Highlight habe ich noch gar nicht erwähnt: "Es gibt laut dem dicken Peppi sogar eine Liste von Personen, die nicht auf ihrer Beerdigung erwünscht sind. Jetzt muss man schon sagen, dass die Medusa – soweit ich das beurteilen kann – nicht zwingend eine große Fangemeinde hatte, aber Hut ab vor dieser Entscheidung. Das wirklich Witzige daran ist, dass sie diese Liste im Laufe ihres Lebens so oft revidiert hat, dass keiner mehr weiß, was die letzte Version ist und der Bürgermeister sagt nüchtern: „Wir brauchen jeden Mann und jede Frau." Das klingt fast so, als ob er notfalls auch noch Statisten casten würde, falls erforderlich, aber wenn man sich den ganzen Aufwand so anschaut, kann ich seine Gedanken nicht zwingend verstehen, jedoch zumindest nachvollziehen.

Die theatralischen Vorbereitungen zermürben mich und ich mache mich auf den Weg nach Hause, ich versuche wieder, Alegra zu erreichen – zwecklos.

Kapitel 39

Am nächsten Tag, dem Tag der Beerdigung, mache ich mich zeitig auf in die Redaktion. Ich bin etwas spät dran, das liegt aber auch daran, dass ich nicht wusste, was oder vielmehr wie ich was anziehen sollte. Wie oft hat die Medusa Rosi und mir vorgeworfen, dass wir keine modische Ambitionen besitzen. Heute habe ich mir vorgenommen, es ihr zu Ehren krachen zu lassen und meinen schönsten und einzigen Anzug auszuführen. Das mit dem Anzug ist immer so eine Sache mit Folgekomplikationen. Es geht ja nicht nur ums Anziehen an sich, nein, einen Anzug anzuziehen bedeutet auch immer, eine geeignete Krawatte auszuwählen und selbige im nächsten Schritt zu binden. Ich habe mich für eine schwarze Krawatte entschieden und dann musste ich im Internet Videos suchen, wie man einen Knoten macht. So etwas dauert natürlich und Erfolgsgarantie gibts hierfür auch nicht. Im Stiegenhaus habe ich dann noch Traudi getroffen, die wiederum gesagt hat, dass sie mich mit einer solchen Wurst am Hals nicht aus dem Haus lässt. Vorher hat sie allerdings noch ein Foto von meinem Knoten mit ihrem Handy gemacht und an meine Mama geschickt. Die hat dann unverzüglich die Traudi angerufen und ihr gesagt, dass der Schorschi so auf keinen Fall aus dem Haus gehen darf. Jetzt musste die Traudi wieder mit mir in meine Wohnung, ich musste – warum auch immer – ein neues Hemd anziehen, die schwarze Krawatte wurde durch eine furchtbare Blau-Rosa-Pfui-Krawatte ersetzt und jetzt lässt sich ungefähr ausmalen, warum ich heute etwas sehr spät dran bin. Die hässliche Krawatte scheint allerdings auf Frauen eine hypnotische Wirkung zu haben. Die Rosi sagt: „Schorschi, gewaltig wie du heute ausschaust, die Medusa würde sich glatt in ihrer Urne umdrehen." Das Kompliment kann ich nur zurückgeben, denn auch die Rosi, mein lieber Schwan, hat heute ordentlich Gas gegeben. Sie trägt ein viel zu kurzes schwarzes Kleid, High Heels und so ein kleines schwarzes Hütchen mit Schleier. Ich muss zugeben, die ganze Kombination steht ihr ausgezeichnet. Obwohl heute Samstag ist, haben wir ausgemacht, uns hier zu treffen. In der vergangen Woche ist logischerweise einiges liegen geblieben und wir haben uns vorgenommen, das heute in Ruhe zu erledigen. Jetzt ist es aber an der Zeit, zur Beerdigung zu gehen.

Rosi hakt sich bei mir ein und sagt: „Schorschi, auf geht's." Vor der Kirche erblicke ich ein unfassbares Blumenmeer und die Leinwände, auf denen die Medusa abgebildet ist, durchziehen das Kirchwaldhofner Dorfbild. Man muss schon sagen, der Kirchplatz ist proppenvoll, alles hier was Rang Namen hat. Vom Bürgermeister bis zum Metzger Kögl, meine Eltern, sogar meine Schwester Johanna, Max und die Anna Becker, Traudi, meine Ex, die Lena, die Hertha vom Kaufladen, die Accordion Twisters und natürlich Harald Hurricane. Er muss von einem Accordion Twister gestützt werden und weint bitterlich vor sich hin. Alle blicken benommen, schockiert, viele haben sogar Tränen in den Augen. Das Ganze erinnert irgendwie an die Beerdigungsfeierlichkeiten von Kim Jong-il – kollektive unnatürliche Trauer auf Knopfdruck. Der Pfarrer und seine Ministranten sind schon positioniert, als eine schwarze Limousine direkt vor der Kirche anhält. Gebannt blicken alle auf den Fahrer, der mit weißen Handschuhen die Türe öffnet: Karl Seethaler und Alegra steigen aus. Zugegeben, jetzt bin ich auch vollends vom Trauerball getroffen, nicht wegen der Medusa, sondern wegen Alegra. Sie sieht so bedenklich dünn, bleich und zerbrechlich aus. Am liebsten würde ich sie an der Hand nehmen und versuchen, sie aufzupäppeln. Sie sieht unglaublich traurig aus. Dabei habe ich noch nicht einmal ihre Augen gesehen, denn sie trägt eine große Sonnenbrille und hält, ich werde verrückt, sie hält in ihren Armen die Urne mit der Asche der Medusa. Mein Blick ist komplett auf Alegra gerichtet, ich habe nur Augen für sie, ich merke nicht was neben und hinter mir passiert. Alegra nimmt ihre Sonnenbrille ab und sie blickt mit einem leeren Blick in die Runde, ihre Augen sind total verweint, sie hat ihre Mutter wirklich geliebt.

Ich müsste lügen, wenn ich sagen würde, dass mir das jetzt nicht nahe geht, zumal eines muss man der Medusa schon lassen, dramaturgisch hat sie ihren Abgang genial inszeniert. Vom gegenüberliegenden Balkon des Gemeindeamtes spielen plötzlich Bläser ein klassisches Stück, der Bulk bewegt sich jetzt in Richtung Kirche. In der Menge erkenne ich einige Prominente, die sich selbst als solche bezeichnen, mein Blick ist aber immer noch auf Alegra gerichtet, die so schwach und einsam wirkt. Ihr Vater und ihr immer noch heulender Patenonkel Harald Hurricane stützen sie und alle drei nehmen nebeneinander in der ersten Reihe Platz. Der Pfarrer hält eine aufopfernde Predigt über die Medusa, die demnach so ziemlich der netteste, aufopferndste, ausgeglichenste und wohltätigste Mensch der Welt gewesen sein muss. Es würde mich nicht wundern, wenn heute noch ein Antrag zur Seligsprechung in den Vatikan gefaxt, gemorst oder gemailt werden würde. Keine Ahnung, ob die dort noch morsen – ich merke wieder wie ich gedanklich abdrifte. Es fällt mir schwer, mich zu konzentrieren, hängt vielleicht auch mit dem Ablauf der Feierlichkeiten zusammen.

Nachdem wir jetzt nur das Beste über die Medusa gehört haben, werden noch –wie früher beim Wurlitzer – ihre Musikwünsche gespielt und da sind schon einige „bescheidene" Wünsche dabei: Neben „Simply the Best" von Tina Turner lässt es sich auch Harald Hurricane nicht nehmen, ein Lied für seine – wie er sagt – „beste" Freundin zu singen. Die ganze Situation erinnert sehr stark an die Beerdigung von Lady Diana, wobei Harald Hurricane hier als Elton John musikalisch zum Einsatz kommt. Natürlich lässt es sich der Bürgermeister nicht nehmen, auch ein paar schleimige Worte zu sagen, so vergeht die Zeit, sehr zum Leidwesen meiner Blase. Endlich ist es an der Zeit, sich von der Medusa zu verabschieden.

Alle kämpfen dezent, wenn man so will, um die Poleposition, jeder will als Erster beim Neuwirt danach ein Gulasch und ein Bier. Dazu wird – wie in Tirol so üblich – ähnlich wie am Schilift elegant gedrängelt, das heißt der Tunnelblick kommt zum Einsatz und die Ellbogen werden diskret ausgefahren. Für den Fall, dass man mal aufschauen muss, sagt man natürlich Sachen wie etwa: „Bitte, geh doch vor, ich habe leicht Zeit", was in Wirklichkeit so viel heißt wie „Zupf dich, du Hirsch!" Ich lasse also den Metzger Kögl vor und stehe jetzt alleine da und sage zur Urne: „Medusa, ich meine Frau Seethaler, es tut mir leid, dass Sie tot sind, aber wir werden versuchen, das Beste daraus zu machen. Ich fand Ihre Beerdigung übrigens sehr stilvoll, haben Sie gesehen, dass ich heute nur für Sie einen Anzug angezogen habe? Wie gesagt einparken konnten Sie wirklich gut und jetzt, jetzt, so Leid es mir tut, ich muss wirklich aufs Klo. Also, Pfiati und Amen." Ich renne jetzt, meine Blase explodiert gleich und notgedrungen verrichte ich mein Geschäft im toten Winkel der Friedhofsmauer. Besondere Umstände erfordern eben besondere Maßnahmen.

Als ich wieder deutlich relaxter meinen Weg in die Zivilisation suche, stoße ich direkt auf Alegra und bin natürlich total perplex und sage: „Ich habe versucht, dich zu erreichen, es tut mir ..." Sie umarmt mich und sagt: „Ich weiß", dabei kullern ihr dicke Tränen über die Wangen. Ich umarme sie ganz fest, es gibt in solchen Situationen nicht viel zu sagen, ich kann nur versuchen, jetzt, in diesem Moment für sie da zu sein. Sie schaut mich an und sagt: „Was hast du zu meiner Mutter gesagt? Du warst ganz nachdenklich, als du vor der Urne gestanden hast." Puh, das ist jetzt eine gute Frage, denn im Gegensatz zu Alegra ist mir klar, dass ich nichts Kluges von mir gegeben habe. Offenkundig muss ich dabei aber zumindest halbwegs klug ausgeschaut haben – wenigstens etwas. Da ich sie nicht anlügen, aber ihr auch keinesfalls die Wahrheit sagen will, versuche ich einen Kompromiss und sage: „Das ist ein Geheimnis zwischen deiner Mutter und mir." „Das kann ich gut verstehen", sagt sie und sieht mich dabei liebevoll an, sie schaut so traurig aus, am liebsten würde ich sie auf meine Schultern nehmen und mit ihr davon galoppieren. Ich habe aber leider kein Pferd. Sie verspricht mir, sich zu melden und schon ist sie wieder weg.

Kapitel 40

Natürlich gehe ich im Anschluss an die Feierlichkeiten zum Neuwirt, man beerdigt ja nicht jeden Tag Unikate wie die Medusa. Dort geht schon ziemlich die Post ab, das Gulasch ist schon lange aus, es wird gesoffen, mein lieber Schwan. Ich glaube nicht, dass ich den Saufvorsprung der anderen Trauergäste noch aufholen kann, bemühe mich aber redlich mitzuhalten. Nach einigen Schnäpsen an der Bar, glaube ich aber, auf einem guten Weg zu sein. Da kommt plötzlich der Karl Seethaler auf mich zu. Ich frage ihn ganz direkt: „Wo ist die Alegra?". Er entgegnet: „Zuhause. Die Beerdigung hat sie sehr mitgenommen, wenngleich sie sich über die Anteilnahme der Einwohner von Kirchwaldhofen, sehr gefreut hat." „Sie ist jetzt aber nicht allein zuhause, an solchen Tagen soll und darf man nicht alleine sein", sage ich ganz fürsorglich und besoffen. „Lieber Schorschi, ich weiß deine Anteilnahme zu schätzen, aber glaube mir, ich habe das Ganze schon im Griff. Ein Arzt hat ihr vor einer halben Stunde ein Beruhigungsmittel gegeben, sie schläft tief und fest. Davon abgesehen übernachten Harald Hurricane und unser Hausmädchen bei ihr." Jetzt schäme ich mich fast schon ein bisschen dafür, dass ich ihm zugetraut habe, sie alleine gelassen zu haben. „Karl, tut mir leid, aber deine Tochter mag ich einfach. Jetzt trinken wir einen Schnaps miteinander." Etwa fünf Schnapsrunden später haben der Karl und ich in etwa denselben Pegel, so weit ich das noch beurteilen kann. Wir reden anfänglich nur über das „Kirchwaldhofner Wochenblatt", irgendwann landen wir natürlich bei seiner omnipräsenten, fast geschiedenen Frau. „Schorschi, jetzt mal ehrlich, es tut mir leid für Alegra, dass sie ihre Mutter verloren hat, aber nüchtern betrachtet, fühle ich, wenn ich ganz tief in mich hineinhöre, gar nichts. Ist es nicht verwunderlich? Du verbringst Jahre mit einem Menschen, er stirbt plötzlich und wenn ich ganz ehrlich bin, das Einzige, was ich empfinde, ist Erleichterung." Ich sage: „Karl, irgendwas Nettes muss sie ja gehabt haben, sonst hättest du sie wohl kaum geheiratet?" Er schaut auf sein Schnapsglas und sagt leise zu sich selbst: „Ich bin so froh, dass es funktioniert hat."

Kapitel 41

Jetzt bin ich schlagartig nüchtern, hat er wirklich gerade gesagt, dass es funktioniert hat? Kann es sein, dass der Karl bei ihrem Tod etwas nachgeholfen hat? In meinem Kopf versuche ich gerade unzählige Mosaiksteine zu sortieren. Fakt ist, dass er mir unlängst erzählt hat, wie sehr er sie hasse, sie haben um eine Menge Geld gestritten und die Medusa wollte ihn vernichten. Gerne würde ich den Karl zur Rede stellen, er hat sich in der Zwischenzeit seiner jungen Freundin zugewendet, die sich hartnäckig weigert, einen Krautinger mit ihm zu trinken. Max kommt auf mich zu und sagt: „Du hast ja ganz schön traurig dreingeschaut, als du dich von der Medusa verabschiedet hast, alles ok bei dir?" fragt er fürsorglich. „Ich musste dringend aufs Klo", er lacht, haut mir auf die Schulter und sagt: „Gibs doch einfach zu, dass es dir nahe gegangen ist." Wenn mir mein eigener Bruder schon nicht glaubt, dann muss ich echt herzzerreißend verzweifelt ausgeschaut haben.

Um vom Thema abzulenken, frage ich Max, was da mit der Anna los ist. Er sagt für seine zurückhaltenden Verhältnisse ganz untypisch: „Das könnte was werden, die ist was ganz Besonderes." Das freut mich, ich hoffe nur die Anna meint es gut mit ihm, weil mein Bruder der vermutlich gutmütigste Mensch von Kirchwaldhofen bis zum Mississippi ist. Während des gesamten Gespräches mit Max beobachte ich kontinuierlich Karl Seethaler. Man muss schon sagen, ein trauender Witwer sieht anders aus. Wenn ich ihm jetzt eine voll bestückte Raketenrampe zeigen würde, würde er sie vermutlich vor Freude zünden. In der Zwischenzeit hat er sich eine Flasche Champagner bestellt, wie gesagt: Trauer sieht anders aus. Das Ganze entwickelt sich rasant zu einer richtigen Party, die Accordion Twisters spielen Coversongs aus den Achtzigern, man muss schon sagen, die haben es wirklich drauf. Rosi tanzt ausgelassen mit ihrem Trauerhut zu Hells Bells von AC/DC mit dem dicken Peppi und sie springt mit ihrer virtuellen Luftgitarre um den Hals vom Stammtisch herunter. Ich bin nur froh, dass sie mittlerweile barfuß ist, mit ihren High Heels hätte das böse enden können. Ein paar Tische weiter sehe ich meine Exfreundin Lena wieder knutschend mit irgendeinem Typen. Sie kann es einfach nicht lassen, vielleicht ist das der perfekte Moment, um ihr diese dummen Porzellankatzen zu geben. Auf jeden Fall freue ich mich darüber, dass mich dieses Geknutsche nicht mehr stört, im Gegenteil. Ich setze mich zur Traudi, die das Treiben amüsiert verfolgt: „Schorschi, das nenne ich mal eine Party! Ich war schon auf Hochzeiten, die waren wie Beerdigungen, aber das hier sprengt alles". Der Metzger Kögl kommt gerade an uns vorbei, er führt eine riesige Polonaise an, bei der zu meiner großen Verwunderung sogar der Bürgermeister mitmacht und – als ob das nicht schon schlimm genug wäre – spielen die Accordion Twisters dazu Fiesta Mexicana. Mein Fokus richtet sich wieder auf Karl Seethaler, er steht an der Bar und lacht ausgelassen mit der Kellnerin, mein Gefühl sagt mir, hier stimmt was nicht.

Da mir das Ganze allmählich zu anstrengend wird und ich seit dem Gespräch mit Karl Seethaler schlagartig nüchtern geworden bin, breche ich auf. Traudi schließt sich mir an, für heute reicht es uns beiden. Natürlich werden wir auf dem Nachhauseweg noch zweimal von der kompletten Polonaise überholt und aufgefordert keine Spaßbremsen zu sein. Wir haken uns also ein und verlassen direkt vor unserer Wohnung das Treiben. Ab einem gewissen Zeitpunkt und alkoholischen Pegel ist Mitmachen und unauffällig Abhauen die vermutlich einfachste Option. Als es ruhiger wird und sich der Tross wieder in Richtung Neuwirt bewegt, rede ich noch ein wenig mit Traudi, die in Anbetracht der Situation erstaunlich nüchtern ist. Dasselbe sagt sie übrigens auch von mir, was wiederum dafür sprechen könnte, dass wir beide besoffen sind. Weil ich jetzt viel zu müde bin, um lange Einleitungen zu formulieren, erzähle ich der Traudi ganz direkt von Karl Seethaler und seinem „Ich bin froh, dass es funktioniert hat." Es kann ja gut sein, dass ich mich eventuell verhört habe oder dass ich das Ganze überbewertet habe, schließlich hatte ich schon ein paar Schnäpse intus. Traudi sagt, nachdem sie einige Zeit nachgedacht hat: „Irgendwie schon komisch, warum sollte er so etwas sagen, aber auf der anderen Seite habe ich dich beobachtet und du warst eine zeitlang schon sehr, sehr besoffen, wenn man dich kennt."

Darauf will ich jetzt gar nicht näher eingehen, also frage ich: „Du bist ja eher vom Fach als ich, glaubst du, dass sich die Medusa umgebracht hat oder glaubst du an die unbedachte Überdosistheorie?" „Schorschi, was heißt hier ‚vom Fach'? Ich bin Lebensmittelinspektorin und wenn ich wollen hätte, hätte ich heute den Neuwirt zusperren können, ich bin nämlich lange neben der offenen Küchentür gestanden und habe mit der Rosi geredet. Aber was jetzt die Medusa betrifft, so muss man das toxikologische Gutachten abwarten. Du weißt, ich beteilige mich ungern an Verschwörungstheorien, das einzige, das ich weiß, ist, dass sie in der letzten Zeit nicht gut ausgeschaut hat. Der Umstand, dass neben ihr Tabletten gefunden worden sind und sie sich in einem emotionalen Ausnahmezustand wegen der Scheidung befunden hat, könnten Indizien für einen erhöhten Tablettenmissbrauch sein." Obwohl es mir schwer fällt, erzähle ich ihr nicht, dass Rosi, Alegra und ich die Medusa vor einigen Tagen evakuiert haben, weil ich irgendwie das Gefühl habe, es Alegra schuldig zu sein. Müde verabschieden wir uns voneinander, dieses Mal schläft Traudi in ihrer eigenen Wohnung und nicht auf meiner Couch.

Kapitel 42

Es fällt mir schwer einzuschlafen, ich denke an Alegra und überlege, wie und ob ich ihr helfen könnte. Soll ich ihr Blumen oder Pralinen schicken oder helfe ich ihr damit, wenn ich sie in Ruhe lasse? Aber wenn sich jeder dasselbe denkt, dann ist sie schlussendlich auch wieder alleine – ein gedanklicher Teufelskreis. Denn neben meiner Sorge um Alegra denke ich auch an Karl Seethaler, der nicht mal einen Versuch unternommen hat, seine nicht vorhandene Trauer zu kaschieren.

Außerdem geht mir sein Satz einfach nicht mehr aus dem Kopf: „Ich bin so froh, dass es funktioniert hat." – Was soll das bedeuten? Angenommen, er hätte mit ihrem Tod etwas zu tun, wie könnte er nachgeholfen haben? Ich bekomme augenblicklich ein schlechtes Gewissen, vermutlich habe ich mich einfach verhört. „Mit einem halben Liter Schnaps intus, solltest vielleicht nicht Sherlock Holmes spielen, Schorschi", sage ich zu mir selbst und drehe mich genervt um. Nach einer miserablen Nacht, in der ich wenig Schlaf finden konnte, werde ich gegen vier Uhr morgens wach. Bravo, heute ist Sonntag und ich könnte endlich mal ausschlafen und jetzt sitze ich körperlich todmüde und geistig hellwach in meiner Küche. Ich muss schon sagen, nicht schlafen zu können ist wirklich eine Frechheit. Normalerweise habe ich auch kein Problem damit, im Gegenteil. Vielmehr muss ich aufpassen, dass ich nicht überall einschlafe. Das ist mir schon in der Arbeit passiert, in der Kirche sowieso und nach Geschäftsessen muss ich immer höllisch aufpassen, dass ich nicht geradeswegs einnicke.

Jetzt muss ich ehrlicherweise hinzufügen, dass ich bis dato erst drei Geschäftsessen hatte, aber alle drei waren schlaftechnisch durchaus schwierig zu meistern. Da auch ein nochmaliger Versuch scheitert, mich selbst in den Schlaf zu wiegen, ziehe ich meine Joggingklamotten an und gehe in die Welt, mir reichts jetzt! Soll die gute Luft, die man Kirchwaldhofen zumindest in jedem Tourismusflyer nachsagt, doch das ihre mit mir tun. Draußen ist es frisch, ich gehe voller Wut durch die heimischen Straßen, denn wenn es zwei Dinge gibt, auf die ich überaus allergisch reagiere, sind es erstens Hunger und zweitens Schlafmangel und der Schlafmangel ist gerade erst dazu gekommen. In der Ferne höre ich Musik. „Die spinnen doch", sage ich zu mir selbst, in der Ferne höre ich die Accordion Twisters, die offenbar mit ihrem Publikum mittlerweile ins Discozelt mit Zapfanlage ausgewandert sind.

Da ich nicht das Risiko eingehen will, von einer weiteren Polonaise geschluckt zu werden und ich daheim nicht schlafen kann, gehe ich in die Redaktion um zu arbeiten. Arbeit macht mich normalerweise schnell müde, das müsste eigentlich funktionieren. Gesagt, getan. Als ich die Redaktion betrete, wirkt anfangs alles eigenartig fremd. Gut, Rosi ist nicht da, das ist natürlich ungewohnt, vermutlich rockt sie gerade mit den Accordion Twisters oder springt hoffentlich ohne ihre

High Heels von Tischen und Stühlen. Falls nicht, bekomme ich morgen sicher ihre Krankmeldung, gesetzt den Fall, dass die Feierlichkeiten bis dahin beendet sind. Als ich das Licht einschalte und mir einen Kaffee mache, wirkt alles wieder vertraut. Ich erledige ein paar Kleinigkeiten, trinke meinen Kaffee, atme tief durch und schaue dabei auf den Schreibtisch der Medusa. Obwohl ich es überhaupt nicht will, kann ich der Versuchung einfach nicht widerstehen. Ich starte ihren Computer und mache es mir auf ihrem Sessel bequem, mein lieber Schwan, der ist vielleicht gemütlich, so ein richtiger Chefsessel. Der könnte auch gut im Oval Office im Weißen Haus stehen. In Stühlen wie diesen werden sicher nachhaltige Entscheidungen getroffen, soviel ist klar. Vermutlich hat George Bush in einem solchen Stuhl den Krieg gegen den Terrorismus angekündigt und Bill Clinton, egal lassen wir das.

Auf ihrem Schreibtisch steht ein gerahmtes Bild von ihr und Alegra, die beiden sehen glücklich miteinander aus. Medusa umarmt darauf ihre Tochter, ihr Blick liebevoll und fürsorglich, so habe ich die Habergoaß noch nie gesehen. Ich schaue mich weiter auf ihrem Schreibtisch um, alles in Reih und Glied, Ordnung war ihr offenbar wirklich wichtig. Alle Bleistifte sind tip top gespitzt, alle Unterlagen sind fein säuberlich sortiert. Ihr Computer ist mittlerweile hochgefahren und verlangt nach einem Passwort, das hätte ich eigentlich ahnen können. Als allererstes versuche ich es mit dem Passwortklassiker „vergessen" – funktioniert nicht, auch „Medusa" funktioniert nicht. Als ich „Alegra" in die Tastatur tippe, bin ich schon drin. Leute mit Kindern, verwenden meistens ihre Kinder als Passwörter, da braucht man kein Hacker zu sein, um das zu wissen. Natürlich war mir klar, dass ihr Passwort nicht „Medusa" ist, aber ich konnte einfach nicht widerstehen diese Buchstaben in ihre Tastatur zu tippen. Auf ihrem Rechner befinden sich viele Dokumente, Scans und Bilder. Hier gibt es kein wirkliches System, ganz im Gegensatz zu ihrem Schreibtisch. Als Erstes werfe ich mal einen Blick in ihr Mailprogramm und schnell fällt mir auf, dass sie mehr Mails geschrieben beziehungsweise diktiert hat, als sie bekommen hat. Das allererste Mail, das ich öffne, ist ein Mail von einem sündteuren Modegeschäft in Kufstein. Die Betreiber weisen Medusa persönlich darauf hin, dass die neue Kollektion eingetroffen ist und dass man sich sehr über ihren Besuch freuen würde, na bravo.

Dann finde ich ein Mail von Alegra, die schreibt, dass sie sich schon auf das gemeinsame Abendessen freut und etwas Köstliches gekocht hat. Ich bin ganz hin und weg, Alegra kann auch noch kochen, sie scheint ein wirklicher Jackpot zu sein. Wenn die wüsste, dass ich gerade den PC ihrer Mutter durchforste. Gerade noch rechtzeitig, bevor ich ein schlechtes Gewissen kriege, verdränge ich diesen Gedanken und stöbere weiter. Im Postausgang entdecke ich, dass Medusa dem Karl eine Mail geschrieben hat:

Karl,
ich habe dich heute mit deiner Barbie durch Kirchwaldhofen stolzieren sehen. Ich kann dir gar nicht sagen, wie lächerlich du dabei ausgesehen hast. Wir sehen uns vor Gericht und PS: verabschiede dich jetzt schon von allem, was dir lieb ist.
Liz

Es besteht kein Zweifel daran, dass sie ihn vernichten wollte. Ich finde noch weitere elf Nachrichten dieser Art in ihrem Postausgang, alle adressiert an Karl Seethaler, dabei ist diese Nachricht noch die höflichste. Sie bedroht, bedrängt und erpresst ihn und das von ihr selbst sooft angepriesene Niveau lässt hier stark zu wünschen übrig. Von Karl Seethaler finde ich nur zwei Nachrichten in ihrem Posteingang. Die erste Nachricht liegt schon einige Monate zurück:

Hallo Liz,
tut mir leid, dass ich dich gestern mit diesem Therapieplatz überrumpelt habe, aber ich bitte dich, denk zumindest darüber nach. Ich will nur dein Bestes. Es ist nichts Schlimmes dabei, sich helfen zu lassen. Ich werde dich dabei unterstützen, versprochen.
Liebe Grüße,
Karl

Wow, mittlerweile bin ich hellwach. Im Anhang hat er ihr noch einen Flyer der renommierten Entzugsklinik angehängt.

Offensichtlich wollte Karl ihr dabei helfen, ihre Tablettensucht in den Griff zu bekommen. Fakt ist aber auch, dass Medusa die ganze Zeit über hier war, was wiederum heißt, dass sie den Entzug nicht gemacht hat. Die zweite und letzte Nachricht die Karl an sie geschickt hat, ist eine Antwort auf eine Mail, in der sie ihn wieder einmal wüst und aufs Übelste beschimpft hat:

Liebe Liz!

Bis vor kurzem dachte ich, wir können deine Tablettensucht und unsere Trennung auch und vor allem wegen Alegra friedlich lösen.

Ich war sogar bereit, einen Mediator einzuschalten und ich hätte dir weit mehr gegeben, als ich eigentlich müsste. Doch der gestrige Abend im Gasthof Neuruer hat mir wieder einmal gezeigt, dass du von einer friedlichen Lösung genausoweit entfernt bist wie Osama Bin Laden vom Friedensnobelpreis. Zukünftig hörst du nur noch von meinem Anwalt, ich bin fertig mit dir.

Für deine Zukunft wünsche ich dir alles Gute,
Karl

Kapitel 43

Jetzt stellt sich mir natürlich sofort die Frage, was im Gasthof Neuruer passiert ist. Das Gasthof Neururer ist ein Haubenlokal in Kirchwaldhofen, kulinarisch sensationell aber auch sauteuer.

Irgendwas wollte mir doch unlängst die Hertha in der Wurstabteilung erzählen, vielleicht habe ich ihr unrecht getan und sie entwickelt sich noch zu einer Topinformantin. Mein Bauch sagt mir, dass ich an der Geschichte dranbleiben soll, irgendwas stimmt hier nicht. Bis dato habe ich ja keine Beweise für einen möglichen Mord, von der toten Medusa abgesehen, wenn man von einem Mord ausgeht. Auf der anderen Seite kann ich mir beim besten Willen nicht vorstellen, dass Karl Seethaler seine Frau umgebracht hat. Ich meine, gemocht hat sie keiner, gehasst haben sie ganze Landstriche, demnach müssten man alle Einwohner in Kirchwaldhofen – inklusive mir – in Untersuchungshaft nehmen. Angespannt suche ich auf ihrem Computer nach weiteren Nachrichten und Indizien von Karl, werde aber nicht fündig. Alles, was mit ihm in Verbindung gebracht werden kann, sind die beiden Mails, die ich mir sicherheitshalber ausdrucke und in der untersten Lade meines Schreibtisches verstecke.

Ich wende mich von ihrem Computer ab und schaue mich noch einmal auf ihrem Schreibtisch um. Für den morgigen Tag hat sie auf ihrem Kalender in großen Buchstaben „Revanche G." eingetragen. Was soll das nun wieder heißen? Welcher G-Punkt? Oder was könnte sie sonst mit „Revanche G." gemeint haben? Ich zermartere mir das Hirn, es sind nicht die Anfangsbuchstaben von Karl, Alegra, Rosi und plötzlich trifft es mich wie ein Blitz: Georg, also mir! Es könnte gut sein, dass die Medusa im Vorfeld einen ihrer Rachefeldzüge geplant hat. Das ist zu ihren Lebzeiten öfters vorgekommen und immer wieder hat sie es geschafft, Menschen damit zu verletzen.

Zu ihren Glanzzeiten hat sie stets das Prinzip der Mafia genutzt: triff da, wo es am meisten weh tut, finde den wunden Punkt und hau drauf. Einmal bin ich bereits in den Genuss ihrer fadenscheinigen Rache gekommen und zwar als ich mir erlaubt habe, sie während einer Besprechung zu unterbrechen. War jetzt aus meiner Sicht nichts Wildes, ich wollte sie nur darauf aufmerksam machen, dass die Tinte ihres eingesteckter Füllers auf ihre Brust tropft. Das hätte ich aber lieber gelassen, denn es folgte ein Anschiss der Extraklasse. Damit aber nicht genug, sie hat im Anschluss absichtlich der Hertha im Kaufladen erzählt, dass ich wegen meinen abstehenden Ohren psychische Probleme habe und oft deswegen zum Psychologen gehe.

Ja, man kann sich in etwa ausmalen, was der dicke Peppi aus einer solchen Geschichte macht: „Schorschi, wir machen mit den Krippenfreuden einen Segelausflug und es wäre super, wenn du dabei wärst, weil wenn du am Bug des Schiffes stehst, gewinnen wir die Regatta bestimmt." So in der Art ging es Wochen dahin, beim Neuwirt gab es mir zu Ehren Schweinsohren in Blätterteig, dafür wurde extra die Karte umgeschrieben – die Medusa hat im Nachhinein ganze Arbeit geleistet. Insofern bin ich jetzt gar nicht so unfroh, dass sie tot ist und ich ihre Rache nicht zu spüren bekomme.

Da ich jetzt momentan genug davon habe, den Karl zu verdächtigen und ich mit meinen Recherchen nicht mehr wirklich weiterkomme, beschließe ich, morgen weiter zu denken und breche auf. Ich lasse den Rest des Sonntages gemütlich ausklingen und schlafe im Gegensatz zur letzten Nacht sensationell. Am nächsten Morgen rufe ich auf dem Weg in die Redaktion die Mama an, und versichere ihr beim heutigen allwöchentlichen Familienessen wieder zu erscheinen. Zuvor frage ich sie sicherheitshalber noch einmal nach, was es zum Essen gibt. Sie verspricht mir, dass es heute Zwetschgenknödel mit Semmelbrösel und Staubzucker gibt. Wenn heute Abend ein Atomunfall passieren würde, würde ich vermutlich glücklich sterben – nach dem Essen, versteht sich. Mit zahlreichen Laugenstangerln und guter Laune mache ich mich auf den Weg in die Redaktion, und wundere mich, dass die Rosi noch nicht da ist. Das gefällt mir gar nicht, denn einerseits habe ich ihr Frühstück mitgenommen und andererseits gibt es heute viel für uns zu tun. Heute stehen nämlich drei Termine mit potentiellen Werbekunden an, ein Termin in der Druckerei, dann noch zwei Interviews und natürlich wollte ich gemeinsam mit ihr überlegen, wie die Rache der Medusa ausgesehen haben könnte.

Nachdem ich gerade von der Druckerei zurück in die Redaktion fahre, vibriert es in meiner Hosentasche: Rosi ist am Apparat. Ich sage ganz laut: „ Guten Morgen, Sonnenschein." Sie geht gar nicht darauf ein, meint aber: „Schorschi, es tut mir total leid, dass ich heute noch nicht in der Arbeit bin." Dann drückt sie einige Zeit herum, bis ich ihr sage, dass sie es endlich ausspucken soll und jetzt kommt's. „Ja, bei der Beerdigung beziehungsweise danach, das heißt eigentlich am nächsten Morgen, bin ich im Discozelt gestürzt und habe mich dabei verletzt." „Bist du mit deinen High Heels umgeknickt?" frage ich ganz verständnisvoll, so als ob es das Normalste auf der Welt wäre sich bei einer Beerdigungsfeier beim Luftgitarrespielen alle Bänder zu reißen. „Eben nicht", erwidert Rosi und fährt fort: „Ich wusste ja, dass ich mit diesen verdammten Schuhen aufpassen muss, deswegen habe ich sie irgendwo abgestellt. Als wir im Discozelt noch ein bisschen gefeiert haben, bin ich, weil ich eben keine Schuhe anhatte, irgendwann in lauter Glasscherben getreten."

Ich muss mich zusammenreißen und mir sogar auf die Lippen beißen, um nicht lachen zu müssen. Jedenfalls vervollständigt Rosi die Geschichte und die ist wirklich gut. Rosi erzählt, dass gegen drei

Uhr morgens der Neuwirt zugesperrt hat, aber die Stimmung viel zu gut war, um nach Hause zu gehen. Der dicke Peppi hatte die Idee, ins Discozelt mit Zapfanlage auszuweichen, was offenkundig keine schlechte war, immer vorausgesetzt, dass man sich den Alkohol- und Euphorie Pegel der Beerdigungsgäste vor Augen hält. Da Rosi auch in den frühen Morgenstunden immer noch mit ihrer Luftgitarre gerockt hat, wagte sie irgendwann einen Sprung in die Menge und dabei ist sie mit voller Wucht in eine zerschlagene Schnapsflasche gesprungen. Fakt ist, sie muss heute dringend zum Arzt, um sich die Glasscherben rausziehen zu lassen. „Schorschi, ich weiß, ich hätte auch gestern ins Krankenhaus nach Kufstein fahren können, aber mir war so was von schlecht." Ich sage ihr, dass das alles kein Problem sei und versuche, sie so schnell wie möglich abzuwimmeln. Als das Gespräch vorbei ist, kann ich mich nicht mehr halten und ich lache lauthals darauf los. Ich male mir gerade die Situation im Discozelt aus, vielleicht hätte ich mich nicht aus der Polonaise ausklinken sollen.

Kapitel 44

Der Vormittag vergeht zügig, ich stehe gerade am Fenster und telefoniere, als ein Mann mit einem Blumenstrauß in der Hand die

Redaktion betritt. „Lieferung für Frau Geiger", sagt er und lässt mich Rosis Blumen quittieren. Ja, das Discozelt hat es wirklich in sich, es scheint als ob Rosi wieder einen neuen Verehrer in der Pipeline hat. Ich suche eine Vase, finde aber nur ein Weißbierglas, befülle es mit Wasser und quetsche die Blumen hinein. Da der Strauß fast, aber nur fast, zu groß für das Weißbierglas ist, quetsche ich die Blumen relativ grob ins Wasser. Dabei fällt die Karte ihres Verehrers direkt vor meine Beine und natürlich wirft man in solchen Situationen schon mal einen flüchtigen Blick darauf. Vielleicht sind die Blumen ja von den Accordion Twisters als kleines Dankeschön für die musikalische Luftgitarrenumrahmung, wer weiß. Ich meine, Rosis Auftritt mit ihrer Luftgitarre hat schon ziemlich professionell ausgeschaut, zweifelsfrei gehört ein Talent wie sie gefördert. Ich hebe also die Karte auf, lese flüchtig darüber und dabei bleibt mir fast das Herz stehen, denn darauf steht: „Alles Liebe von Deinen Eltern." Jetzt muss man vielleicht wissen, dass Rosis Eltern bei einem tragischen Verkehrsunfall auf der Brennerautobahn vor einigen Jahren tödlich verunglückt sind. Was soll das also? Ich schaue aus dem Fenster und da erblicke ich den Blumenlieferanten vor seinem Auto stehend und eine Zigarette rauchen. Sofort laufe ich los und stürze mich die Treppen hinunter, der Blumenmann steht immer noch da und schaut mich entgeistert an. „Wer hat diesen Strauß in Auftrag gegeben?" sage ich völlig außer Atem. Er bläst mir den Rauch seiner Zigarette mitten ins Gesicht und holt sein Auftragsbuch aus dem Handschuhfach. Er blättert und blättert, so, als ob er jeden Tag hunderte von Aufträgen hätte. Schließlich sagt er: „Seethaler, der Auftrag stammt von Liz Seethaler." Ich bedanke mich, gebe ihm ein paar Euro Trinkgeld und gehe wütend zurück in die Redaktion. Denn jetzt ist mir blitzartig klar geworden, was es mit diesem dubiosen

Kalendereintrag „Revanche G." auf sich hatte. Die Medusa wollte sich bei Rosi für ihre Furzkissenattacke revanchieren und das G. stand nicht für Georg sondern für Geiger, Rosis Nachnamen. Ich bin so unglaublich sauer auf die Medusa. Wenn sie nicht schon tot wäre, würde ich sie glatt umbringen, diese impertinente Kuh. Gut, Rosi hat ihr ein Furzkissen untergejubelt, aber nichts in aller Welt rechtfertigt es, sie deswegen derart zu bestrafen. Offensichtlich hat sie noch vor ihrem Tod diese Blumenbestellung aufgegeben, um Rosi auf die niederträchtigste, subtilste Art, die man sich nur vorstellen kann, zu verletzen. Als Allererstes vernichte ich die Karte im Aktenvernichter, Rosi darf sie auf keinen Fall lesen und dann werfe ich diesen Blumenstrauß, der, wenn man so will, aus der Hölle stammt, in den Papierkorb. Falls die Medusa wirklich von Karl Seethaler umgebracht worden ist, kann ich ihn nur zu gut verstehen und jetzt sage ich laut vor mich hin: „Ich bin auch froh, dass es funktioniert hat, Karl."

Kapitel 45

„Mit wem redest du", sagt Rosi und ich erschrecke so dermaßen, dass mir mein Kuli fast aus der Hand fällt. Ich schaue Rosi an, sie hat dicke Verbände an beiden Fußsohlen und sie trägt ganz ungewohnt

Birkenstock-Sandalen. „Ja, ich weiß, verdammt, nix mehr High Heels, der Doktor hat mich ganz schön zusammengestaucht, mein Lieber. Das nächste Mal erzähle ich ihm nicht mehr die Wahrheit." Ich bin einerseits total froh, dass sie wieder hier ist, andererseits sage ich zu ihr, dass sie sich auskurieren soll, was sie aber sowieso ignoriert. Wir flachsen noch ein wenig herum, ich versuche mir nichts anmerken zu lassen, was allerdings gar nicht so einfach ist. Denn in mir brodelt es immer noch gewaltig, ich bin, wenn man so will, posthum auf die Medusa sauer und zwar in einer Form, die ich bis dato nicht kannte. Es dauert natürlich keine halbe Stunde, bis Rosi die Blumen im Papierkorb entdeckt und mich verwundert anschaut. „Die hat ein Kunde an uns geschickt, wegen der Medusa", stammle ich wie aus der Pistole geschossen und schaue dabei zu, wie Rosi die Blumen aus dem Müll holt. „Die sind doch schön", sagt sie, „und die Blumen können nichts dafür, dass wir nicht wirklich trauern." Sie stellt den Strauß auf ihren Schreibtisch und so gerne ich will, ich kann nichts dagegen tun. Ich kann ja schlecht die Blumen konfiszieren oder mit Weihrauch an ihnen vorbei gehen; ich glaube, das würde auffallen. Der restliche Tag vergeht wie im Flug, meine Sehnsucht nach Zwetschgenknödel wächst ins Unermessliche, denn – wenn man so will – könnte man Essen glatt als eines meiner größten Hobbys bezeichnen. Ich beschäftige mich stundenlang damit, ich denke permanent daran und mir wird dabei nie langweilig.

Top motiviert schwinge ich mich bei strahlendem Sonnenschein auf mein Motorrad und drehe noch eine kleine Runde bis zum finalen Einkehrschwung am Küchentisch meiner Eltern. Doch heute ist alles anders, es sitzt nämlich die Anna Becker neben dem Max. Ja geht's noch! Auf das war ich jetzt aber nicht vorbereitet und ich glaube, dass man mir meine Verwunderung schon etwas ansieht. Sicherheitshalber sage ich mal höflich: „Griasti Anna", weil man sich bekanntlich mit seiner Dealerin immer gut stellen soll. „Servus! Der Max und deine Mama haben mich eingeladen, ich hoffe, das ist in Ordnung für euch alle?" Anna schaut mich dabei freudestrahlend an, Johanna quittiert ihre nette Begrüßung mit einem „Von mir aus" und der Papa lächelt sie an und sagt: „Natürlich ist das in Ordnung, es freut uns." Der Papa ist wirklich ganz aus dem Häuschen, dass der Max jetzt offenbar eine Freundin hat. Er führt die Anna durchs Haus und zeigt ihr seinen neuen Presslufthammer, seinen Hochdruckreiniger und eine Kuh, die er unlängst geschnitzt hat. Sie lässt alles über sich ergehen, die erste Feuertaufe hat sie schon mal bestanden.

Ich nicke dem Max zu, er freut sich, denn, wer bei der geschnitzten Kuh vom Papa nicht lachen anfangen muss, hat durchaus Potential, ein Mitglied des Hofer-Clans zu werden. Die besagte Kuh vom Papa, sagen wir mal so, ist von ihrem Schöpfer nicht unbedingt mit Schönheit gesegnet worden. Ihre Ohren ähneln eher angesteckten Kochlöffeln und ihre Hörner erinnern mehr an den Lenker eines Mountainbikes, wenn man mich fragt, aber der Papa ist unglaublich stolz darauf, und diese Freude wollen wir ihm auch nicht nehmen. Ehrlicherweise muss ich schon erwähnen, dass wir sehr viel Spaß mit dieser Kuh haben, meistens wenn er nicht da ist. Mama redet manchmal mit ihr und sagt so Sachen wie „Sperr deine Löffel auf" und das finde ich jetzt schon sehr witzig, vor allem wenn man die Kuh mal gesehen hat. Endlich bringt die Mama die langersehnten Zwetschgenknödel und die sind so unglaublich flockig, so dermaßen gewaltig, dass ich kurz alles um mich vergesse und mich selig meinem Teller widme. Nach dem Essen reden wir natürlich über die Beerdigung und – wenn man so will – die After-Show-Party der Medusa. Max erzählt mir, dass der dicke Peppi einen ordentlichen Anschiss vom Bürgermeister kassiert hat – wegen des Discozelts und so. Scheinbar haben sich einige Gäste beschwert, dass die Musik ohrenbetäubend war und laut dem Bürgermeister hätte der dicke Peppi dafür Sorge tragen müssen, dass es nicht zu wild wird. Wobei erkläre mal den Spaniern, dass sie sich nicht über den Sieg eines Fußballweltmeistertitels freuen dürfen – das ist in etwa vergleichbar. Ich muss schon sagen, dass ich seit dem heutigen Zwischenfall, mit dem Blumenstrauß, mit der Medusa kein Mitgefühl ihr gegenüber mehr hege und nicht mal mehr Lust habe es zu kaschieren. Mama rügt mich ein paar Mal deswegen, weil „sie hatte schließlich auch ihre guten Seiten", wie meine Mutter einwirft.

Jetzt reichts mir aber wirklich und ich sage: „Nein, sie hatte keine guten Seiten! Sie war gemein, rachsüchtig und der Umstand, dass Kirchwaldhofen die größte Party erlebt hat, als sie beerdigt worden ist, sagt schon viel über sie aus. Ich will nicht mehr so tun, als ob sie ein netter Mensch gewesen wäre, das war sie einfach nicht." Die Mama schaut mich ganz verwundert an und sagt: „Beruhige dich Schorschi, beruhige dich." Der Papa ist wieder in seinem Element und führt die arme Anna durch Haus und Hof, jetzt sind sie bei den Krippenfiguren angekommen und das kann bekanntlich dauern. Da wird schnell mal jedes Schaf einzeln vorgestellt und man muss auf alle Figuren einen Schnaps trinken und dabei anstelle von „Prost" „Gloria" sagen. Ich trage meinen Teller in die Küche und natürlich fragt mich die Mama, ob mit mir alles in Ordnung ist. Ich will ihr die Blumengeschichte nicht erzählen, weil das bedeuten würde, dass ich ihr die Furzgeschichte und alles, was damit zusammenhängt, auch erzählen müsste. Darum sage ich „Logisch, alles bestens" – der Klassiker, der Mütter zur Weißglut treibt. Sie kennt mich aber auch gut genug um zu wissen, wann man besser nicht mehr nachbohrt, denn genauso schaue ich gerade aus. Nachdem sich mein Gemüt wieder etwas beruhigt hat, wechsle ich das Thema und ich schließe mich dem Konvoi der Krippenanhänger an und begrüße jedes Schaf beim Namen. Beim Verabschieden packt mir die Mama noch ein paar Knödel ein und reicht mir eine Schüssel, die wiederum in drei weitere Gefrierbeutel eingemacht ist. Natürlich sind noch zahlreiche Knoten und Gummibänder herum gewickelt, damit es bloß keine Sauerei gibt. Ich erwähne lieber gar nicht, dass ich mit dem Motorrad da bin, verabschiede mich und werfe die Knödel in meinen rechten Seitenkoffer. Die wärme ich mir morgen auf, vielleicht teile ich sie auch mit Rosi, die steht total auf das Essen meiner Mama.

Kapitel 46

Als ich gerade die langgezogene Kurve hinter der Metzgerei Kögl anfahre, merke ich, dass etwas mit meinem Motorrad nicht stimmt. Ich habe plötzlich Probleme, die Maschine auf der Straße zu halten, irgendwas stimmt hier nicht mit der Lenkung, dennoch gelingt es mir, die Maschine ohne Blessuren abzustellen. Heilfroh, dass ich nicht zu Sturz gekommen bin, steige ich ab und bemerke, dass meine Knie ganz schön weich geworden sind. Da ich so gar keine Ahnung von Technik habe, lohnt es sich auch nicht so zu tun, als ob ich eine Erklärung dafür hätte, zumal ich alleine bin und mich hier nicht behaupten muss. Mittlerweile sitze ich immer noch etwas aufgewühlt am Straßenrand, als ich auf einmal den Lichtkegel eines Autos entdecke. Ich spitze meine Ohren und höre den unvergesslichen Sound meines Lieblingsautos, Karl Seethaler ist nicht mehr weit entfernt.

Weil ich logischerweise nicht zu Fuß heimgehen will, nicht um diese Uhrzeit, positioniere ich mich mitten in die Straße so nach dem Motto „Fahr mich heim oder fahr mich zusammen, Hauptsache wir fahren." Karl Seethaler erschrickt im ersten Moment, als er mich sieht – nicht, weil ich jetzt schlecht ausschaue oder so, sondern weil er, glaube ich, nicht mit mir gerechnet hat. Als er seinen Boliden sicher neben mir geparkt hat, nimmt er zu meiner großen Verwunderung neben mir auf dem Boden Platz. Er greift in seine Brusttasche und zieht eine große Zigarre hervor, beschneidet sie, wenn man das bei Zigarren überhaupt so sagen darf, und zündet sie an. Dann fängt er endlich an zu reden, ich war mir kurzeitig nicht sicher, ob ich durch den Schock mein Gehör verloren habe, aber alles in bester Ordnung. „Schorschi, was machst denn hier um die Uhrzeit?" Naja was soll ich jetzt sagen, die Situation ist doch relativ offensichtlich. „Ich habe gehört, hier ist ein super Platz zum Schwammerln suchen", sage ich. Warum ich so einen Scheiß rede, weiß ich eigentlich auch nicht. Gott sei Dank ignoriert er den Blödsinn, den ich gerade gesagt habe, er pafft Ringe in die kristallklare Nacht und sitzt einfach so da. Er macht keine Anstalten, mit mir weiter zu kommunizieren, er raucht friedlich seine Zigarre und tut so, als ob es das Normalste auf der Welt wäre, am späten Abend am Straßenrand zu sitzen und zu paffen. Irgendwann frage ich ihn dann, ob er mich nach Hause bringen könnte, weil ich mein Motorrad lieber hier stehen lassen würde, da es „spinnt". „Logisch", sagt der Karl und die von ihm ausgestrahlte Ruhe macht mich ganz nervös. So murkse ich herum, bis ich endlich sage: „Und, wie geht's?" Na bravo, Herr Journalist, dass war mal eine Ansage, dem zittern sicher schon die Knie. „Danke, gut", sagt er und reicht mir seine Zigarre. Ich ziehe daran wie ein Esel und am liebsten würde ich schreiend davon rennen, so brennt es, aber leider kann man als Mann solche Dinge nicht machen.

Man muss erhaben sein, darf sich nichts anmerken lassen und man kann nicht in den Wald rennen um zu weinen, weil es brennt wie Sau. „Gute Zigarre, rauche ich immer wieder gerne", sage ich also und Karl Seethaler grinst vor sich hin, vermutlich habe ich mich durch irgendetwas verraten. „Karl, wie geht es Alegra?" frage ich ihn und er erzählt mir, dass sie gerade dabei ist, die Route für die „Kontinentalbestattung" vorzubereiten. „ Auf der einen Seite ist das ja dermaßen dekadent von meiner Ex, dass Alegra ihre Asche auf allen Kontinenten verstreuen muss, aber auf der anderen Seite, lenkt sie die Reiseplanung ab, insofern ist es in der gegenwärtigen Situation gar nicht schlecht." Da hat er vermutlich Recht, wenngleich ich insgeheim auch ein wenig traurig darüber bin, dass sie wohl oder übel in der nächsten Zeit aufbrechen wird, um ihre Mutter zu verstreuen. Ist schon komisch, die Medusa hat uns alle zwischenmenschlich zerlegt und jetzt ist sie es, die verstreut wird. Jetzt denke ich daran, dass ich gerade vielleicht das erste Mal in meinem Leben neben einem Mörder sitze – fühlt sich aber gar nicht unangenehm an. Da wir gerade so gemütlich beisammen sitzen und ich keine Lust mehr habe Detektiv zu spielen, frage ich ihn ganz direkt: „ Karl, du hast bei der Beerdigung zu mir gesagt, dass du froh bist, dass es funktioniert hat. Was hast du damit gemeint?" Jetzt ist es raus, ändern tut es sowieso nichts mehr, weil tot ist sie ja schon. „Ich war so dermaßen besoffen bei der Beerdigung, Schorschi, ich schäme mich dafür, aber ich habe mich selten so befreit und erlöst gefühlt. Irgendwie hatte ich den Eindruck, dass es einigen so ging." Darauf kann er einen lassen, so viel steht fest. „Was hast du damit gemeint, dass du froh bist, dass es funktioniert hat?" frage ich ihn erneut und er reibt zaghaft seine Hände aneinander und sagt: „Ich konnte einfach nicht mehr. Sie war nie wirklich einfach und nie überaus nett, als ich sie kennen gelernt habe, war sie einfach wunderschön und ich oberflächlicher Trottel dachte damals, dass das für ein gemeinsames Leben reicht.

Ich ging davon aus, dass sie durch den Luxus, den ich ihr bieten konnte, zufrieden werden würde, aber im Gegenteil, es wurde immer schlimmer. Irgendwann hat sie dann angefangen Tabletten zu nehmen, anfangs Schmerztabletten gegen eine hartnäckige Knieverletzung, dann kamen Schlaftabletten hinzu, der übliche Teufelskreis eben, sie konnte es nicht mehr kontrollieren. Unsere Ehe lag im Argen, aber ich wollte sie mit ihrer Sucht nicht hängen lassen und so habe ich einen renommierten Mediator eingeschalten." Er hält inne, pafft an seiner Zigarre und reicht sie an mich weiter, dieses Mal ziehe ich etwas gedämpfter daran und nach einiger Zeit frage ich: „Und dann?" „Der Mediator hat aufgegeben, das muss man sich mal vorstellen! Jemand, der von Berufes wegen die Streitigkeiten anderer Menschen schlichtet, gibt auf mit der Begründung, dass er keine Einzelgespräche mehr mit ihr führen will.

Jedenfalls habe ich mich dann um einen Therapieplatz gekümmert und alles in die Wege geleitet, aber sie hat mich nur ausgelacht und mich dafür im Gasthof Neururer sogar noch angespuckt. Seit damals ist in mir etwas gebrochen, wenn ich ganz ehrlich bin, seitdem habe ich sie abgöttisch gehasst." Ich denke gerade an die Mails, die ich am Rechner der Medusa gefunden habe, es stimmt alles überein. Nur weiß ich bis dato immer noch nicht, ob Karl – sagen wir mal – beim Tod der Medusa etwas nachgeholfen hat. Er sitzt rechts neben mir auf dem Boden und blickt traurig in die Sterne. Ich überlege gerade wie ich ihn hier befragen könnte:

1.) Hey du, hast du jetzt deine Alte umgebracht oder nicht, verdammt?
2.) Kann es sein, dass du deiner Frau Sterbehilfe geleistet hast?
3.) Karl, immer locker bleiben, denn wenn du zugibst, dass du deine Frau umgebracht hast, bist du kein Mörder, sondern ein Erlöser. Hast du sie jetzt umgebracht oder nicht?

Meine Beine sind schon ganz taub, ich war nie so der Schneidersitztyp, ich verwerfe meine drei vorformulierten Fragen und sage: „Wie hast du es gemacht?" Karl schaut mich an, Tränen kullern über seine Wangen, er kann sich nicht mehr beherrschen und weint bitterlich vor sich hin. Was soll ich jetzt machen? Ihn umarmen und sagen: „Du armer, armer Mörder, das wird schon wieder." Aber wenn man die Medusa kannte, könnte man das glatt tun. Ich umarme ihn also und sage: „Das wird schon wieder." Gleichzeitig frage ich mich ernsthaft, wie das wieder werden soll, denn tot ist tot – Gott sei Dank. Karl weint und weint. Ich hoffe, das sind Tränen auf meiner Schulter und kein Rotz, da bin ich nämlich sehr empfindlich, aber wer ist das nicht. Karl ist total fertig, er heult wie ein Elefantenbaby, dass gerade die Arche Noah versäumt hat, er wirft mir seine Schlüssel zu und sagt ganz weinerlich: „Fahr du." Nun muss ich sagen, dass das Ganze natürlich eine super Sache ist, Mord hin oder her, ich darf heute mit meinem Traumauto fahren! Ich starte den Mustang, der Sound haut mich fast um, Karl steigt total verheult neben mir ein und wir fahren, halt, wohin fahren wir eigentlich? Karl sagt: „Hast du Wein daheim?" und jetzt wird mir klar, dass ich in dieser Nacht wenig Schlaf finden werde. Das Auto fasziniert mich so dermaßen, dass ich fast vergesse, dass Karl mir gerade einen Mord gestanden hat. Naja, kann man es ihm wirklich verübeln? All meine moralischen Grundsätze und Wertvorstellungen im Leben geraten gerade ins Kippen, ich ertappe mich dabei, in Medusas Fall gehörige Anomalien in meiner Blutrünstigkeit festzustellen. Leider ist die Strecke viel zu kurz und nach einer viel zu knappen Fahrzeit parken wir direkt vor meiner Wohnung.

Kapitel 47

Karl zieht sein Sakko an, so als ob das in meiner Wohnung wichtig wäre und folgt mir wie eine Graugans von Konrad Lorenz über die Stufen. Als ich die Tür aufsperre und ihn hineinbitte, blickt er sich erstmal in Ruhe um. Er schaut sich meine kleine, aber feine Küche an, streicht über den viel zu teuren, aber saucoolen feuerroten US-Kühlschrank, geht anschließend ins Wohnzimmer und nimmt auf meiner Bermuda-Couch Platz. Diesen Namen hat ihr die Traudi gegeben, weil sie sagt immer, dass diese Couch einen regelrecht verschluckt und erst am nächsten Morgen wieder ausspuckt.

Ich kann das in ihrem Fall nur bestätigen. Heute sitzt also Karl der Große auf meiner schwedischen Couch und blickt neugierig herum: „Schön hast du es hier, so gemütlich", sagt er, mittlerweile hat er sich wieder etwas gefangen, Gott sei Dank. Zur Feier des Tages entkorke ich einen Argentinier, den ich schon lange im Visier habe und vor Traudi jahrelang erfolgreich versteckt habe. „Magst du Malbec?" frage ich den Karl, der beiläufig nickt, so als ob ich jeden Tag einen dieser Schätze entkorken würde. Aber auf der anderen Seite habe ich auch nicht alle Tage solche Gäste und noch viel wichtiger solche Geschichten in meiner bescheidenen Behausung. Was natürlich schon eine große Erleichterung ist, dass die Mama heute Nachmittag hier war und ein bisschen geputzt hat. Nicht, dass es bei mir wild ausschaut, naja gelegentlich bin ich schon ein Altglasmessi oder aber vielleicht trinke ich einfach zu viel. Als ich Karl sein Glas Wein reiche, riecht er lange daran und zelebriert den ersten Schluck mit dem Respekt, der ihm gebührt, da sind wir voll auf einer Linie. Wir verlieren uns in Gesprächen über Wein, philosophieren über Schraub- und Plastikkorken. Ich muss schon sagen, ich mag den Karl, er ist der vermutlich netteste Mörder, den ich kenne. „Schorschi, die Porzellankatzen sind ja super", sagt der Karl und ich muss hellauf lachen. Eigentlich wollte ich diese dummen Viecher der Lena zurückschicken, aber jetzt habe ich eine bessere

Idee: „Die schenk ich dir, diese Sauviecher haben sich hier nie wirklich wohl gefühlt." „Also mir gefallen sie, ist das dein Ernst, dass du sie mir schenkst?" fragt er mich und ich kann nicht glauben, dass ich mit ihm ein minutenlanges Gespräch über diese hässlichen Katzen führe. Die zweite Flasche ist mittlerweile schon fast leer und nachdem ich dem Karl versichert habe, dass die Katzen stubenrein sind, prosten wir noch einmal um die Wette. „Karl, wie hast das eigentlich gemacht, dass du der Medusa eine Überdosis verpasst hast?" Karl schaut mich entgeistert an und sagt: „Medusa?" Hoppla, er wusste bis dato offensichtlich noch nichts vom Spitznamen seiner Frau. „Medusa, Medusa", sagt Karl immer wieder: „Das passt zu ihr." Nach einer Pause fügt er hinzu: „Wie meinst du das, Schorschi? Welche Überdosis?" Leidet der Karl an einer Amnesie oder was, jetzt mache ich mir ernsthaft Sorgen um meinen Lieblingsmörder. „Du hast sie doch mit Tabletten umgebracht, oder Karl?" frage ich ihn noch einmal und er schaut mich an wie ein Bus. „Wie kommst du darauf, dass ich ihr Tabletten untergejubelt habe?" fragt er mich ganz ernst und sein Blick wird wieder gläsern.

Er greift in die Brusttasche seines Sakkos und holt eine kleine Puppe heraus. „Ich habe mir von einer schwarzen Magierin diese Voodoo Puppe basteln lassen, nachdem sie mich im Gasthof Neururer angespuckt hatte. Immer wieder habe ich in die Arme und Beine der Puppe gestochen und es hat wirklich funktioniert. Sie sah jedes Mal geschwächter aus, wenn ich sie sah. Es wurde zu einem fixen Ritual, wann immer sie mich angriff, stach ich im wahrsten Sinne zu. Kurz vor ihrem Tod hat sie mich noch einmal angerufen und mich angeschrien, danach habe ich viel getrunken und am nächsten Tag wurde ich wach und die Puppe lag komplett aufgespießt vor mir. Das war genau in der Nacht, als sie gestorben ist – ich habe sie umgebracht." Jetzt bin ich aber ziemlich verblüfft, ich greife nach der Puppe und schaue sie mir genau an. Die Medusa-Voodoo-Puppe ist circa 15 Zentimeter groß und eine gewisse Ähnlichkeit kann man nicht leugnen. „Wenigstens kann die nicht reden", sage ich zum Karl, aber der findet das gar nicht lustig. Mitten in ihrem Herzen steckt tatsächlich eine Nadel. Ich werde jetzt zunehmend skeptischer, Karl weint wieder und sagt: „Ich bin ein Mörder, Mörder, Mörder." Jetzt will ich es genau wissen, entferne die Nadel und ziehe die Puppe aus, das hätte ich bei der echten Medusa übrigens nie freiwillig gemacht. Jetzt muss ich schmunzeln, der Karl hingegen sagt: „So lustig ist das auch nicht, oder?" „Doch, ist es." Karl, der mich jetzt voller Misstrauen anschaut versteht meine Freude nicht und wendet sich beleidigt ab." Ich habe tolle Nachrichten für dich", sage ich zum Karl, der sich mit einer ruckartigen Bewegung zu mir umdreht: „Schau dir deine gebastelte Voodoo-Puppe mal genau an, du bist kein Mörder". Karl verzieht fragend das Gesicht und reißt mir die Puppe aus der Hand. Gleich darauf sagt er: „Ich werde verrückt, seit wann haben selbst gebastelte Voodoo-Puppen einen ‚made in China'-Aufnäher?" „Ich würde mal sagen, dass deine schwarze Magierin dich ordentlich gelinkt hat", sage ich in seine Richtung. Er springt auf, umarmt mich, küsst mich links und rechts auf die Wangen und tanzt wie ein Irrer ohne Musik um meinen Couchtisch herum. Irgendwann springe ich mit und es dauert nicht lange bis die Traudi im Pyjama an die Tür klopft und schimpft, ob wir spinnen und so, aber das ist momentan nicht so wichtig. Am nächsten Tag werde ich wach und schaue schlaftrunken auf meinen Wecker – scheiße, schon halb neun, naja egal, schließlich habe ich die Nacht mit meinem Chef verbracht und ihn von seiner Unschuld überzeugt. Noch bevor ich in die Dusche springe, rufe ich

Rosi an, die natürlich alles im Griff hat, wie sie sagt. Wenn man näher darüber nachdenkt, sind wir schon ein Sauhaufen, Rosi springt beim Luftgitarrespielen in eine Glasflasche, ich versumpfe mit unserem Chef, der gerade auf meiner Bermuda Couch mit den beiden Porzellankatzen im Arm friedlich vor sich hin schnarcht. Jetzt stehe ich geduscht und mit Aspirin versorgt in meiner Küche, der Karl schläft immer noch friedlich. Ich beschließe, ihn nicht aufzuwecken, er soll sich mal richtig ausschlafen, die letzten Tage so als potentieller Mörder waren sicher nicht einfach für ihn. Ich hinterlasse ihm also eine kurze Nachricht auf dem Kühlschrank:

Guten Morgen, Karl!
Fühle Dich wie zuhause und vergiss bitte deine Katzen nicht.
Schorschi

Kapitel 48

Ich habe jetzt natürlich einen Mordshunger – nach einer mörderischen Nacht, die sich als keine herausstellte, finde ich das auch irgendwie passend. Mit ein paar Fleischkässemmeln und dem katerbedingten obligaten Cola im Arm betrete ich die Redaktion. Rosi schaut auf das

Cola, riecht den Fleischkäse und sagt: „Du Saufkopf, darf ich auch eine haben?" Wir kauen friedlich an unseren Semmeln, als mir einfällt, dass ich mich dringend bei der Traudi entschuldigen muss. Ich rufe sie gleich nach der Jause an und sage ihr, dass es mir Leid tut – was, weiß ich ehrlich gesagt gar nicht mehr so genau. Ich kann mich nur dunkel daran erinnern, dass ich mir fix vorgenommen habe mich bei ihr zu entschuldigen, insofern wird schon was dran sein.

Sie ist anfangs etwas unterkühlt und zickt ein bisschen, aber bereits nach wenigen Minuten lacht sie versehentlich und weil ich sie kenne, weiß ich, dass das ein gutes Zeichen ist. Sie fragt mich, was der Karl Seethaler bei mir zuhause gemacht hat, ich versichere ihr, ihr die Geschichte demnächst zu erzählen, nur nicht jetzt, weil es gerade ein bisschen stressig ist. Traudi sagt: „Ja, du musst sicher noch den Senf von der Fleischkäsjause verräumen, das kann schon stressig sein", verdammt, sie kennt mich einfach zu gut. Nachdem ich ihr versichere, dass ich ihren Schönheitsschlaf zukünftig mehr respektiere, mache ich mich an meine Arbeit. Ich stelle aber gleich fest, dass ich bedingt durch Restalkohol und akuten Schlafmangel eigentlich nur zum Jausnen zu gebrauchen bin, und das habe ich schon getan.

Da die Medusa jetzt tot ist, überlege ich mit Rosi, was das für uns bedeutet. Einerseits zieht Karl Seethaler wieder die Fäden, das heißt wir sind frei, das heißt, wir können die Füße wieder auf den Schreibtisch legen, die Dartscheibe erneut aufhängen und die Karaoke Station anschließen. Das machen wir gleich, Rosi ist sehr erfreut über meine Vorschläge und nachdem wir drei Runden Dart gespielt haben, klingelt mein Telefon – es ist Karl: „Schorschi, danke für den netten Abend. Ich habe geschlafen wie ein Pferd und danke, du weißt schon wofür." Ich frage „Für die Katzen?" Er lacht und meint: „Für die auch." Er sagt noch, dass er meinen Einsatz für das Kirchwaldhofner Wochenblatt sehr schätze und lobt mich, dass ich nach einer solchen Nacht, schon wieder beruflich im Einsatz bin. Wenn der wüsste, was ich gerade mache – denn Rosi reicht mir gerade die Pfeile und meint: „Du bist dran, mach weiter!" „Du Schorschi, ich will dich gar nicht länger aufhalten, bei dir geht's offensichtlich drunter und drüber, ich wollte mich nur bedanken." Wir spielen noch ein paar Runden Dart, leider habe ich Rosi mit meiner nicht vorhandenen Motivation angesteckt, in solchen Dingen ist sie äußerst solidarisch.

Es dauert nicht lange, dann kommt der dicke Peppi angerannt, er ist ganz verschwitzt und schreit in einer ohrenbetäubenden Lautstärke: „Gott sei Dank, du lebst!" „Spinnst jetzt Peppi?" rutscht es mir so raus, was er aber total ignoriert. Offensichtlich hat er sich wirklich Sorgen um mich gemacht, er haut mir auf die Schulter, dass ich am liebsten schreien würde. Er sagt: „Schorschi, ich war ganz fertig, als ich heute dein Motorrad in der Kurve beim Metzger Kögl entdeckt habe, hattest du einen Unfall?" Ach daher weht der Wind, das Motorrad habe ich total vergessen und jetzt verstehe ich seine Sorge um mich.

Ich erzähle dem dicken Peppi, dass ich Probleme mit der Lenkung hatte, worauf dieser meint: „Probleme mit der Lenkung? Du bist gut! Da hat gestern ein LKW massig viel Öl verloren, ich sag dir, das ist ein Umschlagplatz für Organspender, so rutschig ist es dort!" Er erklärt, dass die Feuerwehr gerade dort ist und dass er mein Motorrad abgeschleppt hat. „Du, das riecht ganz komisch dein Motorrad, so süß."

„Das sind die Zwetschgenknödel", sage ich in seine Richtung, er schüttelt mich an den Händen und faselt: „Armer Schorsch, du stehst ja noch total unter Schock, Zwetschgenknödel ist schon gut!" Er ermahnt Rosi, dass sie auf mich aufpassen muss und verschwindet genauso laut und polternd wie er erschienen ist. Rosi setzt sich auf meinen Schreibtisch und sagt nur: „Pack aus, was ist passiert?" Da es sowieso keinen Zweck hat, ihr etwas vorzumachen, erzähle ich ihr die ganze Geschichte, vom Karl, meinem Mordverdacht, der Voodoo-Puppe und zu guter Letzt von den Katzen. Sie beobachtet mich dabei genau, als ich meine Ausführungen beende, sagt sie nur: „Ist schon komisch, ich habe auch einen Verdacht." „Der Verdacht hat sich Gott sei Dank nicht bestätigt, Karl ist nicht der Mörder", sie unterbricht mich und sagt: „Ich habe nicht Karl Seethaler verdächtigt, ich verdächtige Harald Hurricane."

Kapitel 48

Verdutzt blicke ich in Rosis Richtung und versuche, mir einen Reim daraus zu machen. „Findest du es nicht komisch, dass er sie an den Einnahmen seines Open Airs beteiligt hat?" Sicher, da hat sie nicht ganz unrecht, ich habe die Beziehung der beiden nie wirklich verstanden.

„Vielleicht hatten die beiden ja eine Affäre", sprudelt es aus Rosi. „Rosi, so etwas behauptet man nicht einfach so, wenn du schon solche Behauptungen machst, dann beweise es auch."

Ich mache mich jetzt jedenfalls auf den Weg, um mein Motorrad und die dazugehörigen Zwetschgenknödel zu suchen. Es dauert nicht lange bis ich mein Motorrad entdecke, das kann doch jetzt nicht wahr sein! Der dicke Peppi hat sich offensichtlich schnell von seiner Sorge um mich erholt und mein Motorrad mitten im Kreisverkehr bei der Ortseinfahrt platziert. Der Bürgermeister lacht, als er auf mich zukommt: „Sauber eingeparkt, Schorschi", – Na bravo! Als ich leicht genervt mein Motorrad inmitten des Kreisverkehrs starten will, gelingt mir das nicht. Der dicke Peppi und der Bürgermeister grinsen schon aus der Ferne. „Du, wir haben mit dem Gärtner geredet, der arrangiert ein paar Blumen um dein Motorrad", sagt der Bürgermeister und twittert gerade ein Bild von meinem Vehikel. „Spinnt ihr?" Allmählich reißt mir aber wirklich die Schnur und ich habe auch keine Ahnung, warum ich meinen Ofen nicht starten kann. Ich versuche es nochmal, keine Chance! Der dicke Peppi sagt nach meinem ungefähr zehnten Versuch: „Ich hab doch das Benzin abgelassen, das wäre doch viel zu gefährlich so mitten im Kreisverkehr." Alle lachen, nur ich nicht, ich sperre den Seitenkoffer auf, hole mir meine Zwetschgenknödel und ziehe angefressen und verkatert von dannen.

Für heute reichts mir einfach, nicht dass die Aktion nicht lustig war, naja lustig sind solche Sachen immer für die Statisten, nicht für die Hauptdarsteller. Nachdem ich am nächsten Tag wieder etwas besser gelaunt bin und von allen Seiten nur gutes Feedback für mein wunderschönes Motorrad bekomme, beschließe ich, den Spieß umzudrehen und es noch ein wenig im Kreisverkehr stehen zu lassen. Würde mich nicht wundern, wenn beim Neuwirt darauf Wetten abgeschlossen werden, wie lange es dauert, bis ich es rette. Als ich gerade mit Laugenstangerln bepackt die Bäckerei Sieberer verlasse, laufe ich – wie aus dem nichts und ganz unverhofft – in Alegra. Darauf war ich jetzt überhaupt nicht vorbereitet, sie schaut wieder etwas besser aus, wenngleich sie komplett schwarz gekleidet ist. „Alegra, schön dich zu sehen", stammle ich wie ein Schulbub vor mich hin. „Hallo Schorschi, danke für deine Anteilnahme, deine Anrufe und so." Wir stehen uns gegenüber und wissen beide nicht recht, was wir sagen sollen.

Ich meine, was soll man in einer solchen Situation auch groß sagen? „Wie läuft es mit den Reisevorbereitungen?" frage ich irgendwann, sie nickt und erzählt mir, dass sie gerade viel recherchiert und in circa zwei Monaten aufbrechen will. Sie sieht Gott sei Dank wieder etwas besser aus als auf der Beerdigung, ihr Teint hat etwas Sonne getankt und ihr Blick schaut nicht mehr so leer aus. Ich nehme all meinen Mut zusammen und möchte gerade ansetzen um sie zu fragen, ob sie mit mir einmal essen gehen will, als wieder ihr Telefon läutet, verdammt noch einmal. Sie signalisiert mir, dass sie gehen muss, gibt mir die Hand und lächelt mich mit dem Telefon am Ohr an. Schon ist sie wieder weg, ich bin einfach zu langsam für die Frauen dieser Welt. Die Tage verstreichen wie im Flug, mein Motorrad steht wegen Schlechtwetters immer noch im Kreisverkehr und beim Neuwirt laufen die Wetten auf Hochtouren.

Man kann mittlerweile nicht nur auf den Tag, man kann jetzt auch auf die genaue Uhrzeit wetten, der genaue Zeitpunkt, wann ich es abhole, wird dabei natürlich kontrolliert. Der dicke Peppi hat eigens eine Kamera installiert, die 24 Stunden auf mein Motorrad und den Kreisverkehr gerichtet ist. Wenn ich jetzt noch sage, dass Bilder live im Neuwirt übertragen werden, glaubt mir vermutlich kein Mensch – ist aber wahr. Sogar meine Familie wettet mit, ich sag ja immer, wir feiern alles und jeden. Als ich eines morgens etwas früher als geplant die Redaktion betrete, erwische ich Rosi am Schreibtisch der Medusa. Sie bekommt sofort einen hochroten Kopf, so als ob ich eine Autorität der Extraklasse wäre und fühlt sich ungewohnt ertappt.

Dabei stöbert sie doch ständig und ohne Skrupel in meinen Sachen herum. Ich sage: „Ihr Rechner hat ein Passwort." Darauf meint sie nur: „Bitte, das ist doch kein Passwort, das ist ein Witz." Sie hat sich offensichtlich wieder etwas gefangen. „Was machst du an Ihrem Computer?" will ich jetzt aber trotzdem wissen. „Du hast zu mir gesagt, dass ich für meine Harald-Hurricane-Theorie Beweise bauche und die suche ich jetzt." Irgendwie passt mir das gar nicht, dass die Rosi gerade den PC der Medusa durchwühlt aber wer selbst im Glashaus sitzt, sollte nicht mit Steinen werfen. So setze ich mich neben sie und frage sie ob sie schon etwas gefunden hat. „Also auf ihrem Computer hatte sie einen richtigen Sauhaufen, während sie sonst sehr viel Wert auf Ordnung gelegt hat, kann man hier nur sagen, Chaos! Kein System, keine Ordner, vielleicht hängt das aber auch damit zusammen, dass sie sich nicht wirklich mit Computern ausgekannt hat." Ja, das ist mir auch aufgefallen, aber wenn das alles ist, was sie bis dato in Erfahrung bringen konnte, kommen wir hier nicht weiter. Zumal ich zugeben muss, dass jetzt mit einem gewissen zeitlichen Abstand zum Ableben der Medusa eine gewisse Gleichgültigkeit meinerseits eingekehrt ist. Wie bereits vorausgeahnt, hat sich – formulieren wir es einmal höflich – nichts, aber auch gar nichts zum Nachteil in Kirchwaldhofen verändert. Und nachdem ich Karl schon zu Unrecht in Verdacht hatte, bin ich etwas vorsichtiger geworden mit den Verschwörungstheorien.

Dieses Mal überlasse ich es Rosi mich zu überzeugen, sie fährt sich durch die Haare räuspert sich kurz und beginnt wie bei einem Referat in der Schule mit ihrem Vortrag: „Auf dem Rechner der Medusa bin ich auf ein paar interessante Dokumente und Mails gestoßen", sagt Rosi, die lässt sich heute aber wirklich alles aus der Nase ziehen. „Inwiefern?" frage ich und sie reicht mir ein Blatt Papier, das sie „Beweisstück Alpha" nennt. Rosi schaut definitiv zu viele von diesen amerikanischen Sendungen, vielleicht war sie auch schon mit einer UV-Lampe unterwegs um Blutspuren zu suchen, wer weiß das schon. Jedenfalls schaue ich mir jetzt den Zettel genauer an, eine Einzahlungsbestätigung über 80.000 Euro – heiliger Bimbam. Getätigt in bar bei der Kirchwaldhofner Raiffeisenkasse. Rosi klärt das Ganze weiter auf: „Die Medusa hatte scheinbar ein Konto von dem Karl Seethaler nichts wusste, dort hat sie einiges an Geld gebunkert. Das Interessante an dieser Überweisung ist, dass die 80.000 von Harald Hurricane offenbar in bar eingezahlt wurden, schau dir mal den Verwendungszweck an." Jetzt fällt mir fast meine Kaffeetasse aus der Hand, ich werde verrückt: der Verwendungszweck lautet „Alegra". „Warum überweist Harald Hurricane so dermaßen viel Geld an die Medusa und was hat das Ganze mit Alegra auf sich?" stammle ich laut vor mich hin als mich Rosi anstupst und mir einen weiteren Zettel reicht.

Es ist ein Mail von Harald Hurricane an die Medusa:

Liebe Liz!
Ich war gerade auf der Bank und ich habe die Überweisung auf das von dir gewünschte Konto getätigt. Ich mache das Ganze nur für das Kind, insofern hoffe ich, dass du das Geld, wie besprochen, in ihre Ausbildung investiert.
Im Anhang findest du die Überweisungsbestätigung.
Musikalische Grüße,
Harald

Rosi hat noch andere Zettel in der Hand und sagt, ich habe noch weitere Überweisungen entdeckt, die immer nach dem gleichen Muster abgelaufen sind. Offensichtlich hat die Medusa Harald Hurricane erpresst und wenn ich das Mail und die Überweisung richtig interpretiere, könnte es sein, dass Harald Hurricane und nicht Karl Seethaler der Vater von Alegra ist.

Denn warum sollte er sonst so dermaßen viel Geld an die Medusa überweisen? Irgendwas ist hier gehörig faul – soviel steht fest. Da ich mittlerweile Karl sehr gerne mag, immerhin habe ich mit ihm meinen kostbaren Malbec geteilt, fühle ich mich ganz mies. Ich weiß, wie sehr er Alegra liebt, falls das wirklich stimmt, wird es ihm das Herz brechen. „Rosi, falls das stimmt, dann weiß ich nicht, was ich tun soll!" sage ich ganz traurig in ihre Richtung. „Ja, das hat sich unser Chef wirklich nicht verdient! Zuerst bleibt er mit dieser Kratzbürste nur des Kindes wegen zusammen und dann ist es nicht einmal von ihm!" Jetzt geht mich das Ganze sehr wohl etwas an und ich suche fieberhaft mit Rosi nach weiteren Puzzleteilen in der Hoffnung, keine zu finden. Denn wenn man das Ganze weiter durchdenkt, hat Harald Hurricane das ultimative Motiv die Medusa zu töten. Sie hat ihn erpresst, vermutlich über Jahre. Ein uneheliches Kuckuckskind hätte ihn sein sauberes Image gekostet und eine PR-Schlammschlacht ausgelöst. Das wollte er natürlich tunlichst vermeiden und so hat er immer wieder brav gezahlt, er war sogar Alegras Patenonkel, durchtriebener geht's nicht. Beim Open Air hat er der Medusa sogar ein Lied gewidmet, es ist offensichtlich, dass sie ihn völlig in der Hand hatte und jetzt ist mir klar, wie sie es gemacht hat.

Kapitel 49

Rosi schaut sich sämtliche Dokumente am Rechner der Medusa an, sie findet einige Belege von Harald Hurricane, die beiden sind immer nach demselben Muster vorgegangen, er hat in bar eingezahlt und anschließend den Einzahlungsbeleg eingescannt und an sie geschickt. Rosi findet Belege im Wert von 320.000 Euro und das ist sicher nur die Spitze des Eisbergs. Die jüngsten Entwicklungen gefallen mir gar nicht, ich fühle mich plötzlich verantwortlich dafür, den Sachverhalt aufzuklären, nicht nur für den Karl, sondern auch für Alegra. Bis dato hat sich mein Mitgefühl nur auf ihn gerichtet, Alegra wird das mindestens genauso hart treffen, wenn nicht sogar noch härter. Zuerst verliert sie ihre heiß geliebte Mutter und jetzt ist womöglich ihr eigentlicher Vater, von dem sie bis dato annahm, dass er ihr Patenonkel ist, wiederum der Mörder der Medusa. Rosi merkt, dass ich ganz fertig bin, sie legt ihren Arm um mich und sagt: „Schorschi, mir wäre lieber gewesen, ich hätte das nicht rausgefunden, denn ich weiß, wie es ist, wenn man keine Eltern mehr hat." Sie schaut so traurig, ich umarme sie, was für ein Scheißtag und was für Scheißfolgen. „Scheiße, Scheiße, Scheiße", den ganzen Nachhauseweg fluche ich vor mich hin, als ob ich das Tourrete-Syndrom hätte, aber es ist wirklich Scheiße, Scheiße, Scheiße. Nachdem mir Rosi hoch und heilig versprechen musste, dass sie mit niemanden darüber sprechen wird, mache ich Trottel genau das Gegenteil und erzähle es der Traudi.

Die ist ganz schön perplex und sagt mir, dass ich ihr das lieber nicht erzählen hätte sollen, weils einfach Scheiße ist. „Du musst dem nachgehen, jetzt wo das Ganze schon mal im Raum steht." Traudi flucht weiter wie ein Brauereipferd, ich hätte ihr das nicht erzählen sollen. Hinter ihrer harten Fassade verbirgt sich nämlich ein überaus weicher Kern und den habe ich heute vollends getroffen. „Schorschi, jetzt kann ich sicher nicht mehr schlafen, danke, du Hirsch!" Sie hat Recht, es war überaus egoistisch von mir, das Ganze einfach bei ihr abzuladen, jetzt gibt es aber kein Zurück mehr. „Vielleicht solltest du die Polizei einschalten, das Ganze ist eine Nummer zu groß für dich und die Rosi." „Vielleicht sollten wir das", sage ich zu ihr, „aber noch nicht heute." Ich rufe Rosi an und sage ihr, dass ich heute noch zu Harald Hurricane fahren werde, ich muss das Ganze aufklären. „Kannst du mir bitte die

Unterlagen vorbeibringen? Ich muss ihn damit konfrontieren", sage ich zu ihr, aber Rosi wäre nicht Rosi, wenn sie einen anderen Plan hätte. „Wir treffen uns dort in einer halben Stunde", sagt sie und ich weiß, dass es nur verlorene Zeit wäre, ihr das Ganze auszureden. Traudi klopft mir auf die Schulter und sagt: „Pass auf dich und die Rosi auf, falls ihr mich braucht, ich bin die ganze Nacht via Handy für euch zu erreichen." Nachdem ich ihr ein Bussi gegeben habe, breche ich auf, mit Traudis Auto wohlgemerkt, denn mein Motorrad steht immer noch elegant drapiert im Kreisverkehr.

Kapitel 50

Als ich etwas entfernt von Harald Hurricanes Villa parke, schaue ich mich um, nichts erscheint ungewöhnlich, warum auch. Rosi hat sich schon positioniert, aber als ich sie erblicke, wird mir rasch klar, dass sie definitiv zu viele dieser Serien schaut. Sie trägt eine Stirnlampe, zeigt mir ihr Mac-Gyver-Schweizer-Taschenmesser – das kann ja heiter werden. Als ich einfach so an der Glocke läute, haut sie mir ihren Ellbogen sehr uncharmant in die Rippen. „Spinnst, Schorschi? Ich dachte, wir springen über die Mauer und bahnen uns unseren Weg", wie ich bereits erwähnte, Rosi schaut zu viel fern. Ich glotze sie schmerzverzerrt an, schüttle den Kopf, als eine Dame durch die Sprechanlage „Bitte" flüstert. „Schorsch Hofer und Rosi Geiger für Harald Hurricane", sage ich, aber die Dame macht keine Anstalten uns rein zu lassen – - welche Überraschung. „Harald Hurricane empfängt heute keine Gäste, außerdem haben Sie meines Wissens keinen Termin mit ihm", sagt die Dame und tut, als ob wir vor dem Schloss Windsor stehen würden. „Sagen Sie ihm bitte unverzüglich, dass wir ein paar Einzahlungsbelege in Zusammenhang mit seiner Freundin Liz mit ihm durchgehen wollen, er hat unseren Termin sicher vergessen." Es dauert fast zehn Minuten bis sich das Tor öffnet, offensichtlich hat er den Wink mit dem Zaunpfahl verstanden. Die Haushälterin begrüßt uns und erwidert: „Sie hatten Recht, Herr Hurricane hat den Termin vergessen, er erwartet Sie im Kaminzimmer, bitte folgen Sie mir." Wir tun wie uns befohlen und folgen der Haushälterin eine gefühlte Halbmarathondistanz, so groß und weitläufig ist diese Villa.

Endlich haben wir das besagte Zimmer erreicht, die Tür geht auf und Harald Hurricane erwartet uns im Seidenbademantel: „Schorsch, Rosi, bitte nehmt doch Platz, ihr Lieben", sagt er ganz staatsmännisch, so als hätte er uns voller Freude erwartet. Die Haushälterin schießt die Tür und jetzt wird klar, dass seine freundliche Miene nur gespielt war. „Was soll das, warum läutet ihr um halb zehn Uhr abends an meiner Tür?" zischt er in meine Richtung. Rosi kann sich nicht zurück halten und sagt: „Warum öffnest du um halb zehn Uhr abends deine Tür? Du weißt, dass wir es rausgefunden haben!" Eigentlich habe ich mir bei dem kilometerlangen Gang zum Kaminzimmer eine andere Einleitung zurechtgelegt, die jetzt wohl hinfällig ist. Harald Hurricane steht auf, geht zu seiner Minibar und schenkt sich einen Cognac ein.

„Harald", sage ich, „wir haben am Rechner der Medusa, äh der Liz, zahlreiche von dir getätigten Einzahlungen gefunden. Alle wurden in bar eingezahlt und auf ein Subkonto überwiesen. Was in aller Welt hat dich dazu veranlasst, solche Unsummen zu überweisen?" Rosi haut mir wieder den Ellbogen in die Rippen, sie versteht nicht, warum ich ihm nicht gleich alles an den Kopf werfe, aber ich möchte ihm zuerst die Möglichkeit geben selber auszupacken. „Wer in aller Welt glaubt ihr, dass ihr seid? Mit welchem Recht spielt ihr euch hier so auf und läutet mich spätabends raus?" Harald Hurricane fährt sich durchs Haar und wirft mir einen zischigen Blick zu. „Harald, kannst du mir erklären, warum du Geld an Liz Seethaler überwiesen hast?" Er steht auf und lacht, er macht nicht den Eindruck nervös oder gar eingeschüchtert zu sein. „Ihr seid ja von allen guten Geistern verlassen, ich kann nicht glauben, dass ich meine wertvolle Zeit mit euch verplempere. Ihr geht jetzt besser heim und denkt noch einmal über den Schmarrn nach, den ihr hier verzapft habt."

Er drückt einen Knopf und nach wenigen Minuten steht ein Kasten von Mann mit verschränkten Armen vor uns – dass die alle immer gleich ausschauen müssen. „Die Herrschaften möchten gerne gehen", meint Harald Hurricane in Richtung des Kastens, der antwortet wiederum mit einer unerwartet hohen und piepsigen Stimme: „Sehr wohl, Mr. Hurricane." Rosi hat er schon im Schlepptau. Als die ihm gegen seinen Fuß tritt, hebt er sie einfach auf wie eine Feder und wirft sie über seine Schulter. Sie wehrt sich natürlich mit Händen und Füßen, beißt ihn, so weit ich das beobachten kann, sogar in seine Finger. Sie strampelt vor sich hin wie beim Trockentraining im Schwimmkurs, aber der Mann hält unbeirrt an ihr fest und sie baumelt weiter über seinen Schultern.

„Dieses ganze Szenario hättest du dir sparen können Schorsch, beim nächsten nächtlichen Besuch von euch hole ich die Polizei. Und damit wir uns verstehen, sollten eure abstrusen Ideen in irgendeiner Form im ‚Kirchwaldhofner Wochenblatt‘ publiziert werden, dann verklag ich euch auf Teufel komm raus.“ Jetzt reichts mir aber auch und es platzt aus mir raus: „Ich lasse mir von dir gar nichts verbieten, ich habe hier in dieser Tasche Überweisungsbelege von 320.000 Euro in bar, unterfertigt eigenhändig von dir …“ Er unterbricht mich wutentbrannt: „Na und, du kapierst einfach nicht, dass ich reich bin! Ich habe genug Geld, lass mich in Ruhe wegen dieser paar Kröten.“ Jetzt nehme ich ihn an der Schulter und sage: „Du gibst also zu, dass du ihr Geld überwiesen hast?“ Er signalisiert seinem Kasten, Rosi runterzulassen und spricht zu ihm: „Uwe, Ihre Hilfe wird hier nicht mehr benötigt.“ Dieser stellt Rosi unsanft auf dem Boden ab, die kreischt wegen ihrer Fußverletzung von den Beerdigungsfeierlichkeiten und zischt: „Uwe, wir sehen uns wieder, verlass dich drauf.“ Sie schaut Uwe grimmig an, dieser piepst: „Ich bin vor der Tür, falls sie mich brauchen, Mr. Hurricane.“ Als Uwe die Tür hinter sich schließt, knurrt uns Harald Hurricane an: „Ich warne euch zum letzten Mal, hört auf damit, ihr habt euch da in etwas hineingesteigert, ihr Hobbydetektive.“ „Ich frage dich jetzt zum letzten Mal, Harald, warum hast du ihr das Geld überwiesen, hat sie dich erpresst?“ Er schüttelt den Kopf und schreit: „Ihr spinnt doch, wenn ihr es genau wissen wollt, sie hat das Geld für Schönheitsoperationen gebraucht und sie wollte nicht, dass Karl etwas davon mitbekommt, darum habe ich es ihr geliehen“, mault Harald Hurricane und nippt an einem Glas Cognac. „Tut mir leid, lieber Harald, aber dass die Medusa Schönheitsoperationen gehabt hatte, konnte man doch nicht übersehen, insofern macht das Ganze nicht wirklich Sinn.“ Ich meine, will uns der für blöd verkaufen? Kann gut sein, dass ich in optischen Angelegenheiten nicht ganz up to date bin, aber wenn deine Chefin plötzlich Lippen wie Weißwürste und Brüste wie Medizinbälle hat, dann fällt sogar mir das auf. „Sie war meine Freundin, meine allerliebste und beste Freundin, kann man seinen Freunden nicht einfach mal Geld geben?" beteuert Harald Hurricane, der nun sichtlich angespannt sein Glas erneut auffüllt. „Dein Helfer-Syndrom in allen Ehren, aber soll ich dir sagen, was ich glaube?" Ich schaue ihm dabei tief in die Augen und versuche, seine Mimik zu deuten. Rosi kramt in ihrer Tasche und legt sämtliche Belege und Mails auf den Tisch. Jetzt fängt er an zu schwitzen, ich will ihn noch etwas zappeln lassen. Ich suche nach seinem Mail, lege es vor ihn auf den Schreibtisch und lese es ihm langsam vor:

Liebe Liz!
Ich war gerade auf der Bank und ich habe die Überweisung auf das von dir gewünschte Konto getätigt. Ich mache das Ganze nur für das Kind, insofern hoffe ich, dass du das Geld, wie besprochen, in ihre Ausbildung investiert.
Im Anhang findest du die Überweisungsbestätigung.
Musikalische Grüße,
Harald

„Ich lese darin nichts von Schönheitsoperationen und davon, dass du das Geld gerne an sie weitergibst. Vielmehr sprichst du davon, dass das Geld für Alegras Ausbildung verwendet werden soll. Warum überweist du dermaßen viel Geld an eine dermaßen wohlhabende Familie, es macht einfach keinen Sinn, es sei denn du wirst erpresst." Jetzt schaut mich Harald Hurricane entrüstet an und zischt: „Bullshit, du hast ja keine Ahnung, du kannst mir gar nichts anhaben." Aber so ganz glaubt er wohl selbst nicht mehr daran, ansonsten hätte er seinen Kasten Uwe nicht wieder rausgeschickt. Er wartet ab, er will wissen, was wir noch in Erfahrung gebracht haben, darum schmeißt er uns nicht raus. „Warum hast du der Medusa, ich meine der Liz, beim Open Air ein Lied gewidmet, das machst du doch sonst nie?" frage ich, Harald beobachtet mich aufmerksam. Er spielt mit einem großen Siegelring in seiner Hand und sagt: „Liz ist meine Freundin gewesen, sie hat es sich verdient, das habe ich gerne gemacht für sie, aber du hast recht, normalerweise spiele ich nie ein Lied für nur eine Person, da kommt sich das Publikum schnell ausgeschlossen vor." „Verdammt noch einmal, es geht hier nicht um dich als Schlagerstar oder um dein Publikum, es geht darum, dass ich glaube, dass du der Vater von Alegra bist, damit hat dich die Medusa erpresst und deswegen hast du alles gemacht, was sie wollte!" „Das würde nämlich gar nicht zu deinem Image als Saubermann passen und die Presse würde dich vernichten. Der ach so liebenswerte Traum aller Schwiegermütter entpuppt sich als Vater eines Kindes, das einem anderen Mann untergejubelt wird, ich sehe schon die Schlagzeile vor mir." Obwohl Harald Hurricane merklich mehr schwitzt, spielt er noch immer das Unschuldslamm, unglaublich! „Das wird ja immer wahnwitziger", sagt er und schüttelt dabei den Kopf „Ich der Vater von Alegra, was habt ihr euch als nächstes zurechtgelegt? Vielleicht, dass ich die Liz umgebracht habe?" Totenstille, eigentlich wollte ich das alles besser portionieren und auf einen geeigneteren Zeitpunkt warten, aber gibt es einen geeigneten Zeitpunkt, um jemanden des Mordes zu bezichtigen? „Das glaube ich jetzt nicht!" Harald Hurricane ist perplex und das wirkt dieses Mal nicht gespielt. Immer wieder schüttelt er den Kopf, blickt dabei auf den Boden und wirkt angeschlagen – so, als ob ihn gerade ein imaginärer Ringrichter anzählen würde. „Harald, du musst zugeben, dass das Ganze schon ziemlich verwirrend ist. Du hast Unsummen gezahlt, sie hat dich über Jahre hinweg erpresst, das ist sicher nicht leicht zu ertragen. Fakt ist auch, dass wir kompromittierendes Material in Form von Dokumenten, Mails etc. haben, das dich zweifelsfrei belastet. Du kannst dich hier weiter winden wie ein Aal und das Ganze dementieren, aber einen gewissen schalen Beigeschmack kannst selbst du hier nicht leugnen. Vor dem Konzert habe ich gesehen, wie dir die Medusa gedroht hat, gleich darauf hast du ihr ein Lied gewidmet, und kurz nach ihrer Drohung war sie tot." „Du hast keine greifbaren Beweise, nichts von Relevanz", sagt er. „Doch, ich bekomme noch heute Nacht via Kurier die Aufzeichnungen vom Konzert von der Regie übermittelt. Die Medusa hat dir kurz vor deinem Auftritt gedroht, das habe ich gesehen. Zugegeben, ich habe euch nicht gehört, aber was du in der ganzen Hektik vergessen hast, ist, dass du zu dem Zeitpunkt bereits voll verkabelt warst. Du warst schon mit deinem Mikrofon ausgestattet und die Regie hat bereits alles aufgezeichnet. Ich hatte heute ein nettes Gespräch mit Heidi, der Regieassistentin, sie schickt mir die ungeschnittenen Daten heute noch zu und dann werden wir sehen, ob ich Beweise von Relevanz für die Polizei habe." Harald Hurricane steht mit geöffnetem Mund vor mir, die Angst ist im plötzlich ins Gesicht geschrieben, er schließt die Augen und senkt seinen Blick. Immer und immer wieder wiederholt er: „Ich bin ruiniert." Rosi schaut mich fragend an, sieht ganz nach einem Treffer aus, vielleicht sogar ein Knock Out. „Jetzt pack endlich aus, in ein paar Stunden wissen wir sowieso alles!" Er steht jetzt vor dem Kamin und blickt mit leerem Blick ins Feuer und beginnt zu erzählen, endlich. „Sie hat mich erpresst, das stimmt, aber nicht weswegen ihr glaubt." Rosi schaut mich fragend an, ich zucke mit den Schultern, und nachdem wieder eine lange Pause herrscht, frage ich ungeduldig: „Weswegen? Weswegen hat sie dich erpresst?" „Ich bin nicht Alegras Vater, soviel steht fest." Rosi unterbricht ihn: „Du weißt, dass Lügen nichts bringt, ein DNA-Test kann das schnell klären." Er lacht, aber es klingt mehr nach Bitterlichkeit, und fährt fort: „Ich wäre nur allzu gerne Alegras Vater, ich würde zu ihr stehen, ich liebe dieses Kind, seit ihrer Geburt, darum habe ich sie auch immer als Kind bezeichnet. Wie ihr vielleicht wisst, habe ich meinen Durchbruch als Musiker den Seethalers zu verdanken, ich bin als Musiker bei ihrer Hochzeit eingesprungen und das war zugleich der Startschuss meiner Karriere. Dort lernte ich ein paar einflussreiche Leute kennen, ich war – wie man so schön sagt – zur richtigen Zeit am richtigen Ort. Liz hat mich immer wieder bei Konzerten besucht, sie fühlte sich als meine Entdeckerin, ihr kanntet sie, sie kam stets ohne Ankündigung, sie erachtete es nie für notwendig anzuklopfen, ihr wisst was ich meine und genau das wurde mir zum Verhängnis." „Eines Tages ist sie ohne anzuklopfen in meine Garderobe gepoltert und hat mich auf frischer Tat erwischt". „Wie meinst du das jetzt?" frage ich ihn. „Schorschi, ist es nicht offensichtlich? Ich bin schwul! Sie hat mich inflagranti mit einem anderen Mann erwischt, seit diesem Zeitpunkt erpresst sie mich." Harald Hurricane ist jetzt offenbar in Fahrt und fährt fort: „Und was eure Mordtheorie betrifft: glaubt ihr allen Ernstes, dass ich dazu imstande gewesen wäre, die Mutter meines Patenkindes umzubringen? Ich liebe mein Patenkind, Alegra bedeutet mir alles und wir haben eine enge Bindung zueinander. Gerade deswegen weiß ich, wie sehr sie an ihrer Mutter hing, ich hätte es nie übers Herz gebracht, Liz etwas anzutun, allein schon wegen Alegra." Jetzt bin ich wirklich platt, Harald Hurricane, der Traum aller Frauen, ist schwul, das muss ich erst mal sacken lassen. „Wie viele schwule Schlagersänger kennt ihr, die davon singen nach ihren Traummann zu suchen? Das wäre mein Untergang, so habe ich immer wieder gezahlt, was hätte ich denn machen sollen?" Stotternd frage ich ihn: „Und, und, glaubst du, dass sie umgebracht worden ist, sie hatte immerhin viele Feinde." „Ja, hatte sie, aber die größten Feinde waren ihre Tabletten, ich kenne viele Leute in der Schlagerbranche, die Drogen nehmen, aber Liz war wirklich extrem. Sie hat Tabletten wie Tic Tacs gegessen, sich nicht um Wechselwirkungen gekümmert, ich glaube es wurde irgendwann einfach zu viel für ihren Körper." Harald schaut uns an und flüstert: „Ich könnte jetzt ein Glas Rotwein vertragen, ihr auch?" Wir nicken wie zwei Wackeldackel, er ordert durch die Sprechanlage drei Gläser Merlot und es dauert nicht lange, bis wir uns zuprosten. „Was macht ihr jetzt?" fragt er Rosi und mich, ich schüttle meine Schultern und antworte: „Ich kann ja nur für mich sprechen, aber von mir erfährt niemand was, das verspreche ich dir. Ich möchte mich hiermit auch gleich entschuldigen, wir lagen mit unserer Vater- und Mordtheorie auch etwas daneben. Aber was die Erpressung betrifft, mach dir keinen Kopf, du bist hiermit erlöst, versprochen." Rosi verspricht ihm auch hoch und heilig, nichts zu verraten, er lächelt uns an und sagt: „Ihr zwei Detektive seid ja lustig, habt ihr schon vergessen, dass es einen Mitschnitt vom Konzert mit der Erpressung gibt? Glaubt mir, das ist relativ eindeutig und lässt keine Unklarheiten über meine Homosexualität offen." „Das kann gut sein, dass das so wäre, wenn es ein solches Band geben würde." Rosi und Harald Hurricane schauen mich jetzt mit großen Augen an. Harald meint lachend: „Du Sauhund, du hast das Ganze nur erfunden, um mich auszuquetschen, nicht schlecht, Schorschi!" Ich grinse ihn an und beteuere: „Mach dir keinen Kopf, Harald, es bleibt alles unter uns und wenn du mal jemanden zum Reden brauchst, wir sind immer für dich da." So blöd das jetzt klingen mag und so verkehrt die heutige Nacht gelaufen ist, dieser Abend hat Harald, Rosi und mich tief verbunden. Wir reden noch einige Zeit sehr offen miteinander, das tut uns allen gut. Harald bemerkt: „Irgendwie hat es mal gut getan, ehrlich zu sein, das kommt in dem Business nicht oft vor." Vor dem Anwesen beteuert Rosi: „Ich kaufe mir morgen alle Platten von ihm, so ein schlechtes Gewissen habe ich." Aber ich glaube, das braucht sie gar nicht, weil sie sicher schon alle hat. „Übrigens Schorschi", ruft sie mir nach, „das mit dem Mikrofon war gar nicht mal schlecht, du Fuchs du." Am nächsten Morgen ruft mich Traudi an, ich erzähle ihr, dass das Ganze ein Fehlalarm war, was sie mir zwar nicht ganz glaubt, jedoch akzeptiert. Sie ist einfach nur froh, wie sie sagt, dass wir beide wohlauf sind, der Rest ist ihr wurst. Ich muss zugeben, die nächtliche Aktion war nicht wirklich ruhmreich, Rosi und ich hatten im Grunde mehr Verschwörungstheorien gesponnen, als wirklich recherchiert, das darf mir nicht mehr passieren. Mein schlechtes Gewissen über die Aktion hält noch an, Rosi Gyver Geiger – wie ich sie jetzt nenne – ist noch immer total aufgewühlt: „Tut mir leid, dass ich dich unbedingt von meiner Theorie überzeugen wollte", äußert sie ganz kleinlaut und reicht mir dabei ein Laugenstangerl. „Du brauchst dich nicht dafür zu entschuldigen, ich hätte alles genauer prüfen müssen, schließlich bin ich der Chefredakteur hier. Man kann nur froh sein, dass bei uns nie mehr passiert, mach dir keinen Kopf Rosi, ich bin hier der Depp, nicht du." Das wäre ja noch schöner, dass sie sich schuldig fühlt. Sie reicht mir eine Tasse Kaffee und meint: „Dabei sprach alles gegen ihn." Ich winke ab und sage: „Je mehr wir darüber reden, umso peinlicher wird's für uns, glaub mir." Sie lächelt und schaut mich mit diesem

Augenaufschlag an, ich sage nur: „Was?" Und schon ist sie unterwegs zum Arzt, ihre Kriegsverletzung – wie sie betont – muss mal wieder untersucht werden. Als sie in der Tür steht, frage ich sie, wie sie eigentlich mit ihren Fußverletzungen über Harald Hurricanes Mauer springen wollte, sie runzelt die Stirn und sagt nur: „Gott sein Dank hab ich dir den Inhalt meines Rucksackes nicht gezeigt, das wäre jetzt im Nachhinein wirklich peinlich." Ich kann es mir in etwa ausmalen, Tretmienen, Abseilwinden, Handgranaten oder so ähnlich, sie hat recht, besser ich weiß nichts vom Inhalt ihres Rucksacks.

Kapitel 51

Ich widme mich jetzt vollends meinem Laugenstangerl, das heute ungewohnt trocken ist – kein Zweifel, die Anna ist verliebt. Scheiße, das soll sich jetzt aber bitte nicht auf meine Drogen auswirken. Jetzt mache ich mich auf den Weg zum Kühlschrank, hier wird sich doch etwas finden lassen, was mein Laugenstangerl etwas geschmeidiger macht. Ich finde Gurken, eine gekühlte Augenmaske, zwei Bierflaschen und einen abgelaufenen Aufschnitt, den ich gleich entsorge. Als ich gerade frustriert die Tür schließen will, entdecke ich ganz hinten im

Kühlschrank ein Glas mit, mit, ja was ist das eigentlich? Es ist eines dieser Gläser, die auf Selbstgemachtes hinweisen, das mag ich. Der Inhalt ist grün, ich drehe es auf und jetzt bin ich mir sicher, dass es ein Pesto ist. Das freut mich natürlich, die Rosi hat wieder mal voll ins Schwarze getroffen, mit Selbstfabriziertem kann man sich beim Schorschi ungemein einhauen. Es riecht nicht nach Bärlauch, das ist schon mal gut, denn mit Bärlauch kannst du ein paar Tage lang gar nichts mehr machen – sehr gut, aber auch sehr isolierend. Bärlauch kann dich deine Existenz und deine Beziehung kosten, vorausgesetzt die Windrichtung ist ungünstig – so brutal kann Bärlauch sein. Sicherheitshalber rieche ich noch einmal daran: „Nein, kein Bärlauch", sage ich zu mir selbst und bestreiche mein trockenes Laugenstangerl. So weit ist es jetzt schon, dass ich meine Laugenstangerln beschmieren muss, damit es mir nicht aus den Ohren staubt. Und das ganze Unglück nur, weil mein sauberer Bruder die Bäckerin so dermaßen von der Arbeit ablenkt, dass sie neuerdings Hasenbrot verkauft.

Ich mache einen großen Bissen, naja es schmeckt gar nicht mal so gut, ich brauche Unmengen an Kaffee, um den Bissen runter zu spülen. Jetzt fängt es auch noch in meinem Mund an zu brennen, seit die Rosi in Thailand war, ist nichts mehr wie früher. Sie hat dort einen Kochkurs belegt und sich die schärfsten Chillies gleich mitgenommen, diese Jause hat sich voll rentiert. Nachdem ich Unmengen von Saft und Kaffee getrunken habe, um diesen brennenden Geschmack wieder los zu werden, begebe ich mich wieder an meinen Platz und beantworte ein paar Mails, telefoniere mit der Druckerei – die übliche Routine halt. Nach circa einer Stunde geht's mir dann aber gar nicht mehr gut, mir ist richtig schlecht, mein Mund brennt immer noch, ich habe Blähungen und zum krönenden Abschluss noch Durchfall, was für ein glorreicher Tag. Völlig fertig beschließe ich nach Hause zu gehen, so macht das keinen Sinn hier. Rosi ist noch nicht vom Arzt zurückgekommen und geht auch nicht an ihr Telefon, egal ich muss gehen. Auf dem Weg nach Hause, habe ich richtig weiche Knie, Blähungen und schlecht ist mir auch noch, na bravo. Ich stütze mich gerade an einer Hausmauer ab, als mich der Bürgermeister freudestrahlend begrüßt: „Ja, der Schorschi, was für ein schöner Tag heute", sagt er ganz erhaben, dann schaut er mich an und sagt: „Um Gottes Willen, wie schaust denn du heute scheiße aus?" Das freut mich natürlich sehr und ich erwidere nur: „Magen-Darm-Grippe." „Ja, damit darfst du nicht spaßen, ich ruf gleich deine Mama an, die soll sich um dich kümmern." Ich denke mir nur noch „NEIN!" aber ich habe gerade keine Kraft, auf den Tisch beziehungsweise auf die Hausmauer zu hauen.

In so einem Dorf wie Kirchwaldhofen kümmert sich der Bürgermeister sogar um Grippepatienten, unfassbar! Er haut mir auf die Schulter und sagt: „Das wird schon wieder, Schorschi", gleichzeitig sucht er in seinem Handy nach der Nummer von der Mama. Ich denk mir nur: „Hilfe, lasst mich doch in Ruhe", kanns aber nicht artikulieren, weil ich höllisch aufpassen muss, dass mir das Essen nicht aus dem Gesicht fällt. Jetzt höre ich ihn schon, wie er mit der Mama telefoniert: „Ja, wenn ich es dir doch sage, der lehnt an der Hausmauer und schaut furchtbar aus und Blähungen hat er auch!" Jetzt schließe ich meine Augen, das ist einer meiner peinlichsten Momente. Der Bürgermeister hat das Gespräch jetzt beendet, haut mir wieder auf die Schulter, dass es mich fast umhaut und sagt: „Alles geklärt, du gehst jetzt heim, deine Mama ist schon auf dem Weg. Das hab ich gerne für dich gemacht,

Schorschi!" Schon ist er auch wieder weg, ich kann nur hoffen, dass er das Ganze nicht auch noch twittert, aber momentan habe ich wirklich andere Probleme. Ich habe große Mühe mich auf den Beinen zu halten, mir ist schwindlig, mein Mund brennt immer noch, es gelingt mir nur mit großer Mühe mich heimzuschleppen. Im Treppenhaus muss ich mehrfach stehenbleiben, es scheint fast unmöglich, meine Wohnung zu erreichen, es ist so als ob ich auf den K2 umgezogen wäre. Nach einer gefühlten Ewigkeit habe ich ganz ohne Sherpa meine Wohnungstür erreicht, ich schließe die Tür auf und mein erster Weg fühlt mich zum Lokus, den ich gleich mal umarme und ihm meine inneren Werte zeige. Jetzt höre ich schon die Mama in weiter Entfernung, sie sagt so Sachen wie „Bubi, was ist denn los mit dir?" Nicht, dass es schon schlimm genug ist, dass der Bürgermeister meine Mama angerufen hat, jetzt nennt sie mich auch noch „Bubi", das kann ja heiter werden. Da versucht man, als Mann immer cool zu sein, und dann nennt dich deine Mama einfach „Bubi". Zumindest macht sie das seit geraumer Zeit nicht mehr in der Öffentlichkeit, war aber nicht einfach, ihr das auszureden. Jedenfalls ist dem Bubi mittlerweile alles egal, die Mama ist jetzt in ihrem Element und betütelt mich wie einen Säugling.

Als ich nach einiger Zeit auf meiner Couch wach werde, frage ich mich als erstes, wie ich hier hergekommen bin, beschließe aber schnell, es gar nicht wissen zu wollen. Ich bemerke, dass ich ein kaltes Tuch auf meiner Stirn habe und dass es nach Hühnersuppe riecht. Mama klimpert mit den Töpfen und telefoniert offensichtlich gerade mit irgendwem. „Wenn ich es dir sage, der Schorschi hat die Magen-Darm-Grippe, ich mach mir wirklich Sorgen, Traudi!" Ich beschließe, mich einfach nur noch schlafend zu stellen, in der Hoffnung, dass der ganze

Spuk, die überwältigende Fürsorge bald ein Ende finden. Wobei so ganz unfroh bin ich jetzt auch nicht, dass die Mama in der Zwischenzeit aufgeräumt und nebenbei noch Suppe gemacht hat, es duftet herrlich. Ich freue mich über den Umstand, dass der Geruch der Suppe keinen Brechreiz in mir auslöst, im Gegenteil ich habe jetzt einen Hunger wie ein Bär. Eine halbe Stunde später sitzen die Mama und ich in der Küche, ich schlürfe an meiner Suppe, sie tätschelt mich wie ein Pony, fehlt nur noch, dass sie mir Zucker gibt. „Du hast mir einen Schrecken eingejagt, Schorschi", sagt die Mama. Dabei fällt mir auf, dass sie mich jetzt nicht mehr „Bubi" nennt. Habe ich das etwa halluziniert oder kommt der Bubi-Joker nur in Momenten geistiger Umnachtung meinerseits zum Einsatz.

Egal, jedenfalls bin ich ihr im Grunde schon sehr dankbar, wenngleich ihre Fürsorge schier nicht enden wollend ist. „Hast alles? Brauchst was? Trink Tee, jetzt! Nicht fernsehen! Kein Bier!" Naja, mir geht's jetzt wieder merklich besser, wenngleich die Mama noch nicht davon überzeugt ist. Erst als die Traudi von der Arbeit nach Hause kommt und nach mir sieht, bricht sie ihre Pflegedienstleitung ab, die beiden arbeiten offensichtlich im Schichtdienst, na bravo! Als die Tür hinter der Mama ins Schloss fällt, geht die Traudi zum Kühlschrank und holt uns zwei Bier, sie setzt sich wortlos neben mich und öffnet die Flaschen mit einem Feuerzeug. „Sauber, hast das am Bau gelernt?" frage ich sie, sie legt die Füße auf meinen Couchtisch und sagt nur: „Wer so furzt wie du, sollte besser die Klappe halten oder ein FCKW-Pickerl beantragen." Ich merke, dass sich die beiden Pflegerinnen in ihrer Pflegehilfe marginal unterscheiden, aber nur um Nuancen. „Magen-Darm-Grippe ist Scheiße", sagt die Traudi irgendwann und schaut dabei müde in den Fernseher. Wir schauen ein

Fußballspiel oder wie auch immer man die österreichische Bundesliga auch bezeichnen mag. Da das Spiel in keinster Weise spannend und auf hohem Niveau ist, habe ich ausreichend Zeit, um nebenbei mit Traudi zu quatschen. Ich rede und rede über nichts wirklich Relevantes, mein Blick ist dabei stets auf den Fernseher gerichtet, so merke ich erst in der Halbzeit, dass die Traudi schon längst eingenickt ist.

War wohl eine Kombination aus meinem Geschwafel und der österreichisches Bundesliga oder wenn man so will Monotonie zum Quadrat. Ich decke sie zu und sage zu ihr: „Gute Nacht, Sonnenschein", sie lächelt mit geschlossenen Augen, ich weiß wie sehr sie solche Kosenamen hasst. Müde bewege ich mich in Richtung meines Schlafgemaches, völlig schlaftrunken und fertig. Am nächsten Tag fühle ich mich deutlich besser, ich will diesen beschissenen Vortag mit all seinen Peinlichkeiten schnell wieder vergessen. Leichter gesagt als getan, denn als ich gerade frühstücke, ruft mich schon die Mama an und scheißt mich zusammen, weil ich heute schon wieder arbeiten gehen will. „Ich will ja nichts sagen aber, …" wenn ich solche Sätze schon höre, dann schaltet sich mein Hirn automatisch auf Standby, denn, wenn man nichts sagen will, soll man nichts sagen und aus.

Ich bedanke mich noch einmal für ihren gestrigen Einsatz und löse mich trotz massiven Widerstandes aus den Fängen ihrer Fürsorge. Traudi ist schon weg, sie schafft es immer wieder, wie ein Phantom zu erscheinen und zu verschwinden, sie hat aber einen Zettel auf dem Kühlschrank hinterlassen „Denk an das Kyoto-Protokoll." „Ha, Ha", da pfeift man einmal aus dem letzten Loch und schon hat man den Spott auf seiner Seite.

Kapitel 52

In der Redaktion begrüßt mich die Rosi voller Mitgefühl: „Deine Mama und der Bürgermeister haben angerufen und mir erzählt, dass es dir ganz mies ging gestern, geht's dir wieder besser heute?" Sie wirft mir ein Sackerl mit Laugenstangerln zu, was darauf hinweist, dass sie damit gerechnet hat, dass ich heute wieder erscheine. Ich bedanke mich und freue mich schon auf meine unverhoffte Jause, als mir plötzlich Rosis Pesto wieder in den Sinn kommt.

Von wegen Magen-Darm-Grippe, die ganze Misere hat doch eigentlich damit angefangen, als ich dieses komische Pesto von der Rosi gegessen habe, oder? Das Ding ist definitiv abgelaufen, keine Ahnung, was sie da fabriziert hat, aber ich glaube mehr und mehr daran, dass mich dieses komische Pesto in diesen katastrophalen Zustand gebracht hat. Ich gehe schnurstracks zum Kühlschrank, konfisziere voller Antipathie und Argwohn dieses kleine Gläschen und trage es wie angereichertes Uran vor mir her. Vielleicht habe ich die Chillies darin nicht vertragen, voller Schaudern denke ich an den gestrigen Tag und das damit verbundene Unbehagen. Am besten ich konfrontiere unsere Haubenköchin direkt damit. Ich stehe mit dem Gläschen Pesto in der Hand vor ihrem Schreibtisch und sage: „Ich hatte übrigens keine Magen-Darm-Grippe gestern", Rosi schaut mich jetzt verwundert an, ihr Blick fällt dabei auch auf das Pesto. „Nein? Der Bürgermeister war sich dessen aber sehr sicher, er hat gemeint, dass du bleich wie eine Wand warst und furchtbare Blähungen gehabt hast." Das ist nach dem gestrigen Tag zu viel für mich und mein angeschlagenes Ego, schließlich war sie an meinem Zustand – wenn auch indirekt – nicht ganz unbeteiligt. „Schon mal darüber nachgedacht, dass mein Zustand eventuell mit deinen Kochkünsten im unmittelbaren Zusammenhang steht?" Ich halte ihr dabei das Glas direkt vor die Nase, sie sagt nur: „Schorschi, was ist denn los mit dir?" „Was mit mir los ist? Wegen deinem Scheißpesto hier bin ich doch erst in die Situation gekommen. „Jetzt reiß dich mal zusammen, das Glas ist nicht von mir, ich dachte, das gehört dir! Du bist hier der Genüssling, der immer so komische Sachen zwischenlagert." Mein Kopf ist mittlerweile knallrot, die ganze Situation erzürnt mich zunehmend, bei Rosi ist es ähnlich.

So weit ich das optisch beurteilen kann, glühen wir beide schier atomar vor uns hin. „Das ist nicht mein Pesto, Schorschi! Verdammt noch mal, keine Ahnung, woher das ist, ich dachte immer, das ist von dir!" „Wenn es nicht von mir und nicht von dir ist, von wem ist es dann?" Doch sobald ich es laut sage, fällt es mir wie Schuppen von den Augen, dieses Killerpesto ist eine Posthum Gabe der Medusa, ein Gruß aus der Hölle, wenn man so will. Sie scheint das Ding jedenfalls hier gelagert zu haben. Ich frage mich ernsthaft, was sie aus dem Jenseits noch alles anrichten kann. Gleichzeitig wird mir klar, dass ich Rosi unrecht getan habe, immer noch hitzig, aber bereits am Abkühlen sage ich:

„Entschuldigung, ich habe ganz vergessen, dass die Medusa den Kühlschrank bis vor Kurzem auch benützt hat." Rosi steht mit offenem Mund vor mir und sagt: „Bist du narrisch, genau, das ist das Pesto der Medusa!" Rosi schmollt immer noch: „Trotzdem bin ich sauer auf dich, weil du mir unterstellt hast, dass ich kochen kann, das kostet dich was!" Weil ich sie aber kenne, weiß ich, dass sie viel zu neugierig ist, um lange herumzubocken, insofern nütze ich die Gelegenheit und schraube das Pesto auf.

Es dauert nicht lange bis sie neben mir steht und sagt: „Darf ich mal riechen?" Ihr Argwohn mir gegenüber hat sich rasch gelegt, ich reiche ihr das Glas, sie riecht daran und rümpft dabei die Nase: „Dass ihr Möchtegernfeinschmecker auch alles fressen müsst." Jetzt muss ich grinsen, denn mit ihrer Theorie hat sie gar nicht mal so Unrecht. Wir begutachten das kleine Glas, es besitzt leider kein Etikett oder irgendeinen anderen Hinweis, wir können uns nur auf unsere Nasen verlassen. „Das riecht wirklich grausam, ich kann nicht glauben, dass du das gegessen hast, Schorschi!" Ich tauche meinen Zinken noch einmal ganz tief in das Glas, es riecht wirklich nicht gut. Keine Ahnung, was mich da geritten hat, an meiner Magen-Darm-Grippe bin ich allem Anschein nach nicht ganz unschuldig.

Ich rümpfe meine Nase, schüttle den Kopf und sage zu Rosi: „Egal, was das war, jedenfalls war es brutal scharf, mein Mund hat gebrannt, ich wusste gar nicht, dass die Medusa auf so scharfes Essen steht."

Kapitel 53

Ich schraube das Glas zu und werfe es in meinen Papierkorb, Rosi wirft mir diesen „Und-was-ist-mit–Müll-trennen?-Blick" hinter her, den ich aber hartnäckig ignoriere. „Im Grunde wussten wir ja nicht wirklich viel von ihr", sagt Rosi nach einiger Zeit ganz nachdenklich. „Jetzt wissen wir zumindest, dass sie gerne scharf gegessen hat", meine ich zu ihr. Wir einigen uns darauf, dass wir bei der Magen-Darm-Grippe-Version bleiben, weil die Wahrheit meiner Intelligenz nicht sonderlich schmeichelt. Ich rufe meinen Bruder Max an, schließlich ist der an meinem Zustand nicht ganz unbeteiligt, denn hätte er der Anna Becker den Kopf nicht so verdreht, wäre mein Laugenstangerl nicht so dermaßen trocken gewesen, so schaut's aus! „Bruderherz", ertönt es am anderen Ende der Leitung: „Die Mama hat gemeint, dass du krank bist." Himmel, Arsch und Zwirn, gibt es irgendjemanden, der von meinem Gesundheitszustand noch nicht informiert ist, gehe aber nicht weiter darauf ein. „Hast mal wieder Zeit auf ein Bier beim Neuwirt, vielleicht heute Abend?" frage ich den Max, der aber zu meiner Verwunderung sagt: „Du im Prinzip total gerne, aber ich fahre heute mit der Anna nach Kufstein. Wir schauen uns dort ‚Nabucco' auf der

Festung an." Bin mir nicht ganz sicher, ob ich das jetzt wirklich richtig verstanden habe, weil der Max bis dato so absolut kein Typ für Opern war. So frag ich ihn nochmal: „Was ist jetzt heute Abend?" und zu meiner großen Verblüffung wiederholt er die Schlagwörter „Nabucco" und „Oper" – na bravo! „Hast ja schon lange gesagt, dass dich der Gefangenenchor reizt", sage ich mit einem für ihn nicht ersichtlichen Zwinkern. Kaum zu glauben, mein verliebter Bruder geht auf einmal in die Oper, ich mache mir ernsthaft Sorgen um ihn." Da Max aber sein blitzartiges Interessen an Opern in keinster Weise in Frage stellt, tue ich es ihm gleich und wir wechseln das Thema. „Wann holst denn eigentlich dein Motorrad aus dem Kreisverkehr? Du machst alle ganz fertig mit deinem Hobel." Das habe ich jetzt kurzeitig grippetechnisch total vergessen, meine Augen fangen jetzt aber an zu funkeln und ich sage zum Max: „Du, ich habe da eine Idee", und erzähle ihm nun alle Einzelheiten meines Planes. Nach einer Viertelstunde lachen wir beide wie Teenager, Max verspricht mir, alle weitern Schritte zu erledigen und wir verabschieden uns herzlich wie immer. Nachdem ich all meine privaten Angelegenheiten fertig gemacht habe, mache ich mich an meine Arbeit, nicht gerade viel los im Moment. Ich rufe den Karl an, nach dem ganzen Voodoo mit der Medusa haben wir uns noch gar nicht über die Zukunft des „Kirchwaldhofner Wochenblattes" unterhalten. „Schorschi, mein Freund, brüllt er ins Telefon, was kann ich für dich tun?" Ich kann den Karl nur ganz schlecht verstehen, es ist ein Höllenlärm im Hintergrund zu vernehmen. Ich glaube, er telefoniert in seinem offenen Cabrio. „Du Karl, hast morgen mal kurz Zeit für uns, es geht um die Zukunft des ‚Kirchwaldhofner Wochenblattes'." „Da brauchst ihr euch überhaupt keine Sorgen zu machen, alles bleibt wie gehabt, ich bin ja nicht Rupert Murdoch." Ich muss lachen und zugleich bin ich auch erleichtert, auf den Karl ist halt Verlass. Er unterbricht meine Gedanken und schreit ins Telefon: „Morgen komme ich gegen zehn Uhr auf einen Kaffee vorbei, dann können wir weiter reden und danke noch einmal für die Katzen, die haben sich schon gut eingelebt bei mir." Ich höre noch ein Knacken in der Leitung und schon ist er weg. Wurst, dann reden wir eben morgen weiter. Der restliche Tag geht schnell vorüber, auf dem Heimweg treffe ich den dicken Peppi, der mich, wie der Großteil der Kirchwaldhofner Bevölkerung ständig nach meinen Motorrad fragt: „Hast schon eine Idee, wann du es holen willst?" fragt er und fährt fort: „Ich habe nämlich 50 Euro auf Donnerstag, 12.30 Uhr mittags, gesetzt, vergiss mir das bloß nicht!" „Wie kommst auf Donnerstag 12 Uhr Peppi?" „Wegen dem Wetterbericht, soll traumhaft schön werden am Donnerstag und die Uhrzeit habe ich geraten." Ich verabschiede mich grinsend vom dicken Peppi, diese Kreisverkehr Wette beginnt mir immer mehr Spaß zu bereiten. Der gestrige katastrophale Tag ist fast schon wieder vergessen, ich merke, dass ich einen Mordskohldampf bekomme. Ich denke nur noch an eines: Wurstnudeln. Wie ein Terminator bin ich fixiert auf meine Futterbeschaffung, Futterveredelung und Futterverwertung. Nach dem ich den zweiten Teller Wurstnudeln vertilgt habe, klopft die Traudi an meine Tür. Sie erkundigt sich nach meinem Wohlbefinden und ich lade sie natürlich umgehend zum Essen ein, so ein Gala Menü gibt es bei mir ja nicht alle Tage. Heute erzählt die Traudi ungewohnt viel von ihrer Arbeit. Sie hat offenbar einen Ferialpraktikanten zugeteilt bekommen, den sie nicht leiden kann. „Das ist so ein Milchbubi, der alles weiß, einfach zu cool für diese Welt. Ich bin Lebensmittelinspektorin geworden und keine Super Nanny, verdammt!" Die ganze Geschichte erheitert mich sehr, ich stelle mir gerade Traudi mit ihrem Laborkittel total frustriert neben diesem Schlaumi-Schlumpf vor und sage so Sachen wie „Gib ihm doch eine Chance" und merke, gleich zuckt sie aus. „An deiner Stelle wäre ich überhaupt ruhig, wegen deiner Furzerei gestern ist das Ozonloch um einige Meter gewachsen, hast kein schlechtes Gewissen deswegen?" „Schon, wegen mir müssen jetzt alle permanent Sunblocker verwenden, aber eigentlich hat das alles mit diesem abgelaufenen Pesto im Kühlschrank angefangen." Ich erzähle also der Traudi von meinem scharfen Fauxpas, ihre Augen glänzen, offensichtlich findet sie das Ganze recht unterhaltsam. Nach einiger Zeit sagt sie aber dann doch: „Du musst schon ein wenig aufpassen, das klingt nach einer Lebensmittelvergiftung, hast du das Glas mit dem Pesto schon entsorgt?" „Ja klar, habe es heute in den Müll geschmissen, warum"? Das ist schade, das wäre nämlich ein super Projekt für meinen Superpraktikanten gewesen. Er könnte ein bisschen analysieren und ich hätte wieder meine Ruhe, der rennt mir nämlich überall hin nach, sogar bis zur Damentoilette." „Das klingt ja wie Stalking", meine ich lachend, wenngleich ich die Idee insgeheim gar nicht schlecht finde. Schließlich will man letztendlich doch wissen, was einem fast umgebracht hat, naja beinahe. Wobei, wenn da jetzt ganz grausame und hässliche Bakterien gefunden werden – jetzt juckts mich schon überall, na bravo! „Die Putzfrau kommt erst morgen Abend, wenn ich daran denke, fische ich dir das Pesto aus dem Mülleimer", sage ich zur Traudi, was sie sehr freut. Dieser Praktikant muss eine Plage der Extraklasse sein, zumindest passiert es nicht alle Tage, dass ich für Traudi Proben aus Mülleimern fische. Am nächsten Tag in der Redaktion durchstöbere ich gleich den Mülleimer, alles noch da, fest verschraubt, bingo! Ich stelle dieses fiese Glas auf meinen Schreibtisch, so ganz habe ich meine Magen-Darm-Grippe noch nicht vergessen. Rosi zeigt mir gerade ein neues Tattoo auf ihrer Wade, als die Tür aufgeht und Karl Seethaler den Raum betritt. Er gibt uns beiden die Hand, haut mir auf die Schulter und sagt: „Also, machen wir's schnell, tolles Tattoo übrigens, Frau Rosi". Karl wirkt gestresst, wenngleich auch sehr herzlich, er ist halt ein Macher und verliert im Business nicht gerne Zeit. „Was die Zukunft des ‚Kirchwaldhofner Wochenblattes' betrifft, so braucht ihr euch keine Sorgen zu machen, ich bin und bleibe der Eigentümer. Außerdem bin ich mit eurer Arbeit zufrieden, freut euch, genießt das Leben, ihr seid wieder frei. Natürlich erwarte ich von euch professionellen Einsatz und gute Quartalszahlen aber das war's auch schon." Zugegeben diese Lockerheit steht ihm ausgezeichnet, es dauert ganze fünf Minuten, um alle relevanten Fragen mit ihm durchzugehen. Man muss schon sagen, der Karl ist ein Entscheidungsträger. Im Anschluss trinke ich noch einen Kaffee mit ihm, er fragt mich: „Wann holst denn endlich dein Motorrad? Ich habe 100 Euro gewettet!" Schön langsam nimmt diese Aktion Ausmaße an, unvorstellbar! Ich wechsle das Thema und erkundige mich nach den Katzen, alles in bester Ordnung versichert mir der Karl mit einem Schmunzeln im Gesicht. „Wie geht es Alegra?" frage ich ganz vorsichtig, er schaut jetzt wieder ganz ernst und sagt: „Ganz gut, danke, sie ist natürlich sehr traurig, aber wir schaffen das zusammen und Harald kümmert sich auch liebevoll um sie." Er erzählt mir, dass Harald alles Mögliche mit ihr unternimmt. „Er geht mit Alegra fischen, er holt sie ab und geht mir ihr ins Kino, in Krisenzeiten lernt man Menschen wirklich kennen und Harald ist Alegra ein ausgezeichneter Patenonkel und Freund." Ich bin froh, dass Alegra in diesen dunklen Zeiten von Menschen umgeben ist, die sie unterstützen und lieben, er ist einfach ein Hurricane, der Harald, jedenfalls eine Wucht. Wir reden ausgelassen weiter, als dem Karl irgendwann das Pesto Glas auf meinem Schreibtisch auffällt und sagt: „Diese Gläser scheinen momentan in zu sein. Alegra hat unlängst genau die gleichen gekauft." Karl macht sich wieder auf den Weg, er haut mir wieder auf die Schulter, daraus entwickelt sich allmählich ein fixes Ritual. Zurück an meinem Schreibtisch begutachte ich erneut das Pesto, vielleicht stammt dieses Glas auch von Alegra? Es wäre zu schön gewesen, wenn sie auch noch kochen kann, meine Traumfrau. Am Abend übergebe ich das Glas der Traudi, die riecht einmal daran und sagt: „Unglaublich, dass du das gegessen hast, das riecht furchtbar!" Jedenfalls freut sie sich, dass sie eine Beschäftigung für den ungeliebten Praktikanten gefunden hat. „Wie lange dauert so eine Analyse?" frage ich sie, sie zuckt nur mit ihren Schultern und antwortet: „Schaun ma mal". Von Hunger und Durst geplagt mache ich mich auf den Weg zum Neuwirt, der dicke Peppi schreit laut auf, als ich den Gastraum betrete und es dauert nicht lange, dann sitzt er auch schon neben mir. Er zeigt mir die Videowall, die unglaubliche Livebilder meines Motorrades inmitten des Kreisverkehres überträgt und erinnert mich nochmals daran, dass er 50 Euro auf den Donnerstag gewettet hat. Dieser ganze Aufwand nur wegen meines Motorrades, ich frage mich, was sich Touristen denken, wenn sie beim Neuwirt essen gehen. In der Mitte des Lokals hängt diese große Wall, darauf sieht man mein Motorrad im Kreisverkehr und alle Einheimischen blicken gespannt auf das dortige Geschehen. So, als ob es Livebilder der ersten Mondlandung wären – aber nichts dergleichen ist der Fall.

Mittlerweile ist auch der Bürgermeister eingetroffen, der muss beruflich einfach viel in Gasthäuser gehen, sagt er immer zu seiner Frau, was ihn aber nicht wirklich stört. „Schorschi, bist du wieder genesen? Du hast ja furchtbar ausgeschaut?" Die Kellnerin bringt gerade mein Schnitzel und da ich beim Essen nicht weiter über Durchfall und Brechreiz reden will, lenke ich das Thema auf Fußball. Der dicke Peppi und der Bürgermeister sind nämlich ganz fanatische FC Kirchwaldhofen Fans, ein Stichwort reicht und sie sind in ihrem Element. Sie sagen so Sätze wie: „Wir hätten mehr nach vorne spielen müssen" – so, als ob sie selbst mitgespielt hätten. Ich höre ihnen amüsiert zu und esse mit einem Bärenhunger mein Schnitzel. Die nächsten Tage vergehen wie im Flug, mein Job macht mir richtig Spaß, ich bin – wenn man so will – top motiviert und glücklich.

Kapitel 54

Irgendwann ruft mich die Traudi an und sagt: „Du, der Praktikant hat mir gerade die Ergebnisse von deinem Pesto gegeben." Jetzt bin ich natürlich neugierig, aber die Traudi besteht darauf, dass sie mir das alles persönlich erklärt. „Zuerst machst du es spannend und dann hältst du mich hin", aber egal, wie sehr ich sie beknie, sie bleibt stur wie ein Esel und ich muss mich also gedulden. Den ganzen Tag über mache ich mir meine Gedanken über Bakterien. Will ich wirklich wissen, was ich da gegessen habe? Ich muss nämlich gestehen, dass ich schon ein kleiner Hypochonder bin. Wenn ich im Fernsehen Sendungen sehe, in denen Menschen in Krankenhäusern behandelt werden, bekomme ich schnell und ganz solidarisch Phantomschmerzen. Ich versuche, mich von diesen Gedanken zu befreien, die Arbeit hilft mir ganz gut dabei und tut das ihre, um mich von allen imaginären Bakterien zu befreien. Am Abend warte ich natürlich sehnsüchtig auf die Traudi, sie hämmert in gewohnt charmanter Manier an meine Wohnungstür. Sie geht, ohne etwas zu sagen, zu meinem Kühlschrank, holt sich eine Flasche Weißwein und schenkt sich ein großes Glas ein. „Darf ich auch ein Glas haben?" frage ich sie mit einem ironischen Unterton, was sie freundlicherweise bejaht, Glück gehabt. „Also mein blöder Praktikant ist bei deiner Probe auf etwas Interessantes gestoßen, ich habe hier die Ergebnisse mit. Sie zeigt mir Kurven und redet von Peaks, HPLC-Analysen und ich verstehe rein gar nichts von alledem.

Ich schaue sie aber interessiert an, in der Hoffnung, dass sie irgendwann das Ganze in eine verständliche Sprache übersetzt. Nachdem sie aber nach einigen Minuten immer noch nicht auf den Punkt gekommen ist, unterbreche ich sie, es nützt einfach nichts. „Traudi, erzähle mir bitte in ganz einfachen Worten, was los ist, ich bin nicht Nils Bohr oder wie auch immer deine Gurus heißen." „Ok, mein lieber Schorschi, in dem Pesto haben wir etwas Eigenartiges entdeckt." Mann, die Traudi machts aber spannend heute. Ich bin ganz unruhig, wackle ungeduldig mit meinem Stuhl herum und kann mich nicht mehr halten: „Was? Spucks endlich aus, du machst mich ganz nervös mit deinem Chemiklaliengerede!" Sie straft mich mit einem Blick voller Argwohn, so als wäre sie Anna Netrebko und ich ein Typ mit einer Chipspackung in der ersten Reihe. „Also, in der Probe beziehungsweise deinem Pesto haben wir

Hundspetersilie entdeckt, es besteht kein Zweifel daran", sagt die Traudi. Offensichtlich glaubt sie, dass das eine ausreichende Erklärung für mich ist, wieder muss ich nachhacken: „Ist das jetzt gut oder schlecht?" „Du bist gut, Schorschi, Hundspetersilie wird teilweise mit der Gartenpetersilie verwechselt und kann zu tödlichen Vergiftungen führen. Der Geschmack ist scharf und brennend, es enthält das Alkaloid Aethusin, was auch mit dem im Schierling enthaltenen Coniin vergleichbar ist. Der Verlauf der Vergiftung fängt mit einem Brennen im Mund und Rachen an, die Pupillen erweiten sich, es kann auch zu Sehstörungen kommen. In weiterer Folge kommt es zu Blähungen, Durchfall und Brechreiz. In deinem Fall waren die Blähungen – wie wir wissen – sehr ausgeprägt." Ich schaue sie erschrocken an, meine blöde Vielfresserei hätte mich fast umgebracht, unglaublich! Sie fährt fort: „Bei starken Vergiftungen verliert der Patient das Bewusstsein, es kann zur Atemlähmung und letztendlich zum Tod kommen." Traudi fährt mit ihren Ausführungen fort, aber ich bin momentan nicht mehr imstande, ihr zu folgen. Tod, ich hätte daran sterben können, das muss man sich mal vorstellen! Ich schlage meine Handinnenflächen auf meine Stirn und schließe meine Augen.

In meinem Kopf zirkulieren wie in Leuchtbuchstaben verfasst immer wieder dieselben Wörter: Tod, Tod, Hundspetersilie, Tod und so weiter. Völlig gerädert gehe ich zu meinem Spirituosenschrank, jetzt brauche ich einen Krautinger, aber dringend. Traudi hat schon den mahnenden Zeigefinger ausgestreckt und sagt: „Gib deiner Leber mal eine Pause, die letzten Tage waren kein Kindergeburtstag für sie." Sie nimmt mir das Glas aus der Hand und schüttet es in ihren Rachen – „eine reine Vorsichtsmaßnahme" wie sie sagt. Ich stehe jetzt verdattert da, mein Hypochonderherz schlägt auf Hochtouren, so als ob Traudi meine Gedanken lesen könnte, sagt sie gleich: „Keine Angst, du alter Scheißer, fang jetzt bloß nicht wieder mit dem Hypochonder-Wahnsinn an. An deiner Stelle würde ich in der Zukunft einfach nicht mehr alles essen, deine Völlerei hätte dich beinahe gekillt." Wir reden noch einige Zeit miteinander, aber im Grunde bin ich heute zu nichts mehr zu gebrauchen. Zum Schluss gibt sie mir noch die Teufelsprobe zurück, mahnt mich aber, so etwas nie wieder zu tun.

Kapitel 55

Ich liege wach in meinem Bett und kann es immer noch nicht glauben, ich winde mich wie ein Aal und dann, dann trifft es mich wie ein Blitz: ALEGRA, MEDUSA! Hat der Karl nicht neulich erwähnt, dass Alegra die gleichen Gläser gekauft hat? Mein Puls wird immer schneller, entweder die Medusa selbst hat dieses Pesto fabriziert oder auch Alegra. Ich muss dringend mit ihr sprechen, ich will nicht, dass dieses Teufelszeug weiter in Umlauf gerät und womöglich noch jemanden umbringt. Wobei vermutlich kein zweiter so blöd ist, etwas derart komisch Riechendes zu essen. Es ist drei Uhr morgens, ich bin jetzt hellwach und schreibe Alegra eine SMS:

Hallo Alegra!

Wir müssen ganz dringend miteinander reden. Morgen 19 Uhr Gasthof Neururer, es ist wirklich wichtig!

LG, Schorschi

Zu meiner großen Verwunderung dauert es exakt sieben Minuten, bis mein Handy piepst: SMS von Alegra, das ging ja schnell:

Morgen fahre ich in die Schweiz, leider! Wenn du reden willst, jetzt hätte ich Zeit! xxx Alegra

Ja spinnt die jetzt komplett? Ist das in ihren Kreisen üblich, dass man sich um drei Uhr in der Früh verabredet, denke ich mir, schreiben tue ich dann doch etwas höflicher:

Ok, komm zu mir. Meine Adresse: Kirchweg 7c.

Das Schorsch lasse ich dieses mal weg, ich bin jetzt hellwach, was bedeutet eigentlich dieses xxx vor Alegra, das muss ich morgen die Rosi fragen.

Es piepst wieder, neue SMS von Alegra:

Bin in einer halben Stunde da. xxx Alegra

Schon wieder dieses xxx, aber jetzt habe ich natürlich ganz andere Probleme, mein allererstes: auf Sicht sauber machen. Wie ein Blitz eile ich durch die Wohnung und sammle alle herumliegenden Kleidungsstücke ein. Ich werfe alles unters Bett, wohin denn auch sonst? Die Spüle ist voller Geschirr, der Spüler noch nicht ausgeräumt, verdammt. Ich nehme das dreckige Geschirr und räume es ins Backrohr, weil unter dem Bett kein Platz mehr ist. Dann, gehe ich ins WC, Deckel runter, Schorschi, Frauen mögen nämlich keine Stehpinkler. Sie mögen am liebsten männlich wirkende Sitzpinkler, die viel Humor haben und den ganzen Tag nur reden wollen, so in der Art halt. Im Bad angekommen schaue ich in den Spiegel, auch hier muss dringend was gemacht werden. Kaltes Wasser, Pflegecreme, Zähne putzen und Umziehen – das dauert eben. Ich lüfte noch einmal kurz durch, besprühe mich noch mit Parfum, wie man das eben so macht um diese Uhrzeit und schon klingelt es an meiner Tür.

Mein Herz fällt mir fast in die Hose, Alegra Seethaler steht vor meiner Tür, unglaublich. Ich ermahne mich selbst cool zu sein, irgendwie mutiere ich immer zu einem Justin-Bieber-Fan, wenn ich an sie denke und kann rein gar nichts dagegen tun. Dabei ist der Anlass eigentlich ein ernser, also „reiß dich zusammen, Schorschi", sage ich zu mir selbst und nehme den Hörer der Sprechanlage ab: „Wer ist da?" frage ich und sobald ich es laut ausspreche, werde ich schon rot im Gesicht. Was für eine blöde Frage um diese Uhrzeit, wieder sage ich zu mir selbst: „Schorschi, reiß dich endlich zusammen" – dieses mal allerdings mit mehr Nachdruck. „Ich bins, Alegra, hast du gerade mit mir geredet?" „Nein", verdammt, jetzt hat sie mich gehört auch noch, denke ich mir und da piepst es wieder aus dem Hörer der Sprechanlage: „Lässt du mich bitte rein, Schorschi?" Verdammt, das hätte ich jetzt vor lauter Aufregung fast vergessen. „Ja, Ich wohne ganz oben", jetzt drücke ich endlich den Knopf und es dauert nicht lange, da höre ich schon ihre

Schritte im Stiegenhaus. Ich bemühe mich ganz cool zu sein, doch als sie ums Eck kommt und auch noch fantastisch ausschaut, ist wieder einmal alles vergessen, verdammt. „Hallo Alegra, du schaust sehr gut aus für die Uhrzeit." – Nein, habe ich das jetzt wirklich laut gesagt? Ich lege gleich noch einmal nach: „Nicht, dass du jetzt glaubst, dass du schlecht ausschaust …, aber … weißt du was, vergiss einfach, was ich gesagt habe und komm herein." „Danke, Schorschi", sie geht durch meine Wohnungstür und nimmt auf meiner Couch Platz. „Schön hast du es hier und so gemütlich", meint sie und schaut mich mit diesen unglaublichen Augen an. „Danke", sage ich und versuche dabei cool zu wirken, wobei – wenn ich ehrlich bin – habe ich gerade voll das Déjà-vu. Erst vor einiger Zeit war es ihr Vater, der hier letztendlich sogar genächtigt und mich von diesen grausamen Katzen befreit hat, jetzt sitzt sie auf genau der gleichen Stelle wie damals der Karl und seine Voodoo-Puppe. „Darf ich dir was zu trinken anbieten?" frage ich, sie nickt mit dem Kopf und sagt: „Ein Glas Rotwein wäre jetzt nicht schlecht." Das freut mich natürlich, ich vergesse oder eher verdränge, dass ich eigentlich auf meine Leber aufpassen wollte, nach der ganzen Aktion mit der Hundspetersilie.

So entkorke ich einen Franzosen der Extraklasse, ich schenke ihr ein und so sitzen wir nebeneinander auf der Couch und riechen in unsere Gläser. Nach einiger Zeit bemerkt sie: „Der Wein ist sehr gut." ich sage: „Danke." Sie fragt: „Franzose?" Ich antworte: „Ja." Halt, halt, halt, das kann so nicht weiter gehen, ich werde jetzt mit ihr reden. Dabei nehme ich mir fest vor, ihr nicht in die Augen zu schauen, weil sobald ich es tue, ich erneut verloren bin. So schaue ich fokussiert auf meinen Kühlschrank und beginne: „Alegra, ich muss mit dir reden, weil ich dich was fragen muss." Was war denn das wieder für ein Satz, Schorschi? Reiß dich zusammen – verdammt, verdammt, verdammt! „Ja bitte, frag mich einfach, ich hatte den Eindruck, dass es sehr wichtig für dich ist, darum bin ich gleich gekommen. Morgen Früh fahre ich nämlich in die Schweiz, ich treffe mich dort mit ein paar Freunden." Mein Blick ist immer noch auf den Kühlschrank gerichtet. Endlich höre ich mich sagen: „Machst du manchmal Pesto?" Obwohl ich geradeaus auf den Kühlschrank schaue, spüre ich, wie sie mich anschaut, jetzt bloß nicht zu ihr hinschauen, denke ich. „Schorschi, bitte sag mir jetzt nicht, dass du mich um diese Uhrzeit zu dir bestellt hast, weil du wissen willst, ob ich Pesto kochen kann. Das ist jetzt hoffentlich nicht dein Ernst, oder?" Jetzt werde ich ganz nervös. „Schau sie nicht an!" sage ich immer wieder zu mir und ich halte mich auch daran.

Nachdem ich tief eingeatmet habe, gehe ich zum Kühlschrank, hole das Teufelspesto und reiche es ihr. Traudi hat mir die Probe ja wiedergegeben und ich wusste auch nicht wirklich, wohin damit. Jetzt hält es Alegra ganz verwundert in ihren Händen. „Was machst du bitte mit meinen Forschungsproben?" Jetzt kenne ich mich überhaupt nicht mehr aus und sage: „Forschungsproben? Findest du es nicht eigenartig, dass eine Studentin der Kunstgeschichte Forschungsproben der Hundspetersilie macht? Alegra, ich wäre neulich daran fast verreckt, diese – wie du sie nennst – ,Probe' war im Kühlschrank der Redaktion für alle zugänglich! Erkläre mir bitte, wie sie dahin gekommen ist." Alegra hat die Hände vor das Gesicht geschlagen und ist außer sich, sie weint, sie wird von Heulkrämpfen geschüttelt, ich habe ganz schön zu tun, um sie einigermaßen zu beruhigen. Ich versuche, mich dieses Mal nicht wieder einwickeln zu lassen, der Blick auf den Kühlschrank hilft.

Irgendwann bricht sie ihr Schweigen oder Heulen und sie sagt: „Das wollte ich nicht!" „Ich auch nicht", antworte ich, „aber bitte erzähle mir endlich, was los ist!" Sie schaut mich an und meint: „Wenn ich das wüsste, ich habe jetzt einen furchtbaren Verdacht, Schorschi!" Ich schenke ihr noch ein Glas Rotwein ein in der Hoffnung, dass sie endlich zu reden beginnt. Mein Geduldsfaden droht allmählich zu reißen, ich will jetzt endlich wissen was los ist, der Kühlschrank hilft wirklich. „Alegra, du erzählst mir jetzt sofort die Wahrheit oder was auch immer du weißt, glaubst und vermutest. Ich wäre wegen deiner Probe fast krepiert, ich glaube, ich habe mir das verdient." Wow, habe ich das wirklich gesagt? Ich bin von mir selbst ganz schockiert, will mich beinahe schon wieder dafür entschuldigen, als Alegra plötzlich anfängt zu reden:

„Du hast Recht, es ist unverzeihlich, dass du zu dieser Probe gelangt bist, aber glaube mir, ich hatte davon keine Ahnung. Als erstes musst du wissen, dass ich gelogen habe, was mein Studium betrifft. Ich habe mein Biologiestudium nie aufgegeben, im Gegenteil, es macht mir sehr viel Spaß. Meine Mutter wollte nie, dass ich Biologin werde, sie wollte, dass ich Kunstgeschichte studiere, was ja ganz nett ist, aber nicht meines. Ich bin an der Forschung interessiert, mich fasziniert die Wissenschaft, ich arbeite gerne im Labor und recherchiere, das war ihr nicht gut genug.

„Warum? Ich kann daran nichts Verwerfliches entdecken", sage ich. Sie fährt fort:

„Du nicht, aber meine Mutter war da anders. Sie wollte mich nicht mit einem dreckigen Laborkittel vor einem Rotovapor stehe sehen – noch dazu, wenn ich Spaß daran habe. Sie wollte, dass ich im Designerkleid ein Glas Champagner trinke. Verstehst du, das war ihre Welt und nicht meine. Sie wollte, dass ich ihr Leben noch einmal als junge Frau beginne, so, als ob sie durch mich wieder jung geworden wäre. Es hat lange Zeit gedauert, bis ich das verstanden habe, und du kannst davon ausgehen, dass ich nichts unversucht gelassen habe, um sie von meinem Traum zu überzeugen, zwecklos. Sie war kein einfacher Mensch, nein überhaupt nicht, aber sie war meine Mutter und ich, ich … habe sie umgebracht und dich auch fast, es tut mir so leid."

Sie weint bitterlich, so gerne ich sie in den Arm nehmen will, ich muss fokussiert bleiben und sie weiter reden lassen. Und was zum Teufel ist ein Rotovapor?

„Das heißt, du hast deiner Mutter das Pesto verabreicht?", ich finde meine neue Nüchternheit allmählich schon selbst unsympathisch, aber ich muss das jetzt klären. In der Nacht ist mir nämlich klar geworden, dass auch die Medusa von dem Pesto gegessen haben muss. Sie hatte ähnliche Symptome wie ich, sie hat gefurzt wie ein Höllenhund und irgendwann ist mir eingefallen, dass genau an dem Tag, als wir sie nach Hause fahren mussten Alegra anwesend war. Alegra schweigt, ich frage sie noch einmal: „Hast du deiner Mutter das Pesto gegeben?"

Jetzt wird sie richtig böse und sagt: „Spinnst du? Glaubst du, dass meine eigene Mutter vergifte? Sie war tablettensüchtig und zudem Alkoholikerin – schwer tablettensüchtig, ich kann dir gar nicht sagen, wie oft ich sie halb bewusstlos irgendwo gefunden habe. Während andere Kinder sorglos gespielt haben, habe ich immer meine Mutter gesucht, sie hat uns immer wieder damit erpresst, sich umzubringen, dann ist sie manchmal tagelang verschwunden und wir wussten nicht, wo wir sie finden konnten. Trotz alledem, ich habe sie geliebt, manchmal hatte ich den Eindruck, dass sie vielmehr mein Kind ist und ich ihre Mutter, ich hätte ihr nie etwas antun können."

Hinter dem vermeintlichen Glanz, all dem materiellen Besitz sehe ich nur noch schauderhafte Abgründe, ein armes verzweifeltes Kind, das sich nur nach normalen Familienstrukturen sehnt.

„Mein Vater und mein Patenonkel Harald haben immer versucht, dass ich nicht alles mitbekomme, aber das, was ich gesehen habe, hat mir gereicht, das kannst du mir glauben. Jedenfalls, irgendwann hatte meine Mutter dann von irgendeiner Bekannten gehört, dass ich weiter Biologie studiere und wie du dir vorstellen kannst, ist sie ziemlich ausgerastet. Sie hat immer heimlich Vodka getrunken und dazu Tabletten genommen, wenn du in ihrem Schreibtisch stöberst, findest du sicher Vodka und Tabletten ohne Ende. Eines Tages hat sie mich besucht, sie war total betrunken und hat mich angeschrien, dass ich eine Enttäuschung wäre, da bin ich heulend davongerannt. Als ich zurückkam, war meine versperrte Schublade aufgebrochen und eine Probe hat gefehlt."

„Die Hundspetersilie", sage ich. Sie nickt langsam und fährt fort:
„Ich habe sie angerufen, ihr gesagt, wie gefährlich die Probe ist und dass sie sie umgehend vernichten soll. Sie hat nur gelacht, sie war an dem Abend extrem betrunken, von den Tabletten rede ich gar nicht."
Ich unterbreche sie und frage: „Heißt das, dass deine Mutter in ihrem

Vollrausch davon gegessen hat?"

„Das vermute ich, mehrfach wahrscheinlich. Ich hatte die Proben eingeschlossen, ich hätte nicht besser aufpassen können. Sie hatte zum Teil solche Aussetzer, dass sie sich an gar nichts mehr erinnern konnte. Sie wusste nicht mal mehr, wo sie das hatte, ich glaube, ich habe sie umgebracht, und weißt du, was das Schlimmste daran ist?"
Jetzt schaue ich sie an, ich kann nur erahnen, was sie alles mitmachen hat müssen. Ich lege den Arm um sie und sage: „Was ist das Schlimmste daran?"

„Dass ich erleichtert bin, dass sie tot ist. Ich habe so viel geweint die letzten Tage, aber mehr und mehr entdecke ich, dass ich plötzlich frei bin! Ich wusste gar nicht wie das Leben sein kann, ohne diesen ganzen Wahnsinn, ich dachte ja immer, das ist normal und jetzt erst weiß ich, dass es das nicht ist."

Ich mache uns einen Tee und versuche, das Ganze erst mal für mich zu sortieren. Die Medusa hat sich de facto selbst exekutiert, sie hat gesoffen, wovon ich bis dato nichts wusste, war tablettensüchtig und hat bei Alegra eingebrochen. Diese hat ihre Proben versperrt, da kann man ihr keinen Vorwurf machen. Dass die Medusa und ich beide so blöd sind, davon zu essen, ist wieder eine andere Geschichte, wobei ich hier schon betonen möchte, dass die Medusa im Gegensatz zu mir mehrfach davon gegessen hat. Alegra kuschelt sich ganz fest an mich und murmelt: „Was machst du jetzt?" Ich spitze meine Lippen und sage: „Gar nichts, du hast genug mitgemacht in all den Jahren." Sie schaut mich liebevoll an und flüstert: „Aber beim toxikologischen Gutachten wird das alles rauskommen." „Ja und, du hattest deine Schublade versperrt und kannst somit beweisen, dass aufgebrochen wurde, außerdem wird man auch feststellen, dass deine Mutter mit ihrem Tabletten und dem Alkkonsum sowieso schon mit einem Bein im Grab gestanden ist, es war ein Unfall. Von mir erfährt niemand etwas, vertrau mir!" „Ich bin so froh, dass das alles raus ist, ich will einfach nur noch schlafen", sagt sie und während sie das spricht, schläft sie auch schon ein. Ich bin noch einige Zeit wach, denke an die Vergangenheit, die Medusa und ihren theatralischen Abgang, dann drehe ich mich um, beobachte Alegra, die gerade friedlich schläft und sehe plötzlich die Zukunft.

Epilog

Am Samstag gegen 18:33 Uhr starte ich, wie besprochen, mein Motorrad im Kreisverkehr. Ich weiß jetzt schon, dass Anna Becker gewonnen hat. Das Ganze habe ich nämlich mit dem Max so eingefädelt. Irgendwann hat das alles zu große Dimensionen angenommen und ich wollte nicht, dass es nur einen Gewinner gibt. Anna hat sich bereit erklärt, auf die vereinbarte Zeit, also Samstag 18:33 Uhr, zu wetten und jetzt passiert gerade folgendes: Ich brettere mit meinem Motorrad zum Neuwirt, Max fährt mit seinem Bus durch Kirchwaldhofen und spricht durch seine aufgebauten Lautsprecher: Heute Abend, Konzert beim Neuwirt, es spielt Harald Hurricane und die Accordion Twisters, ALLES GRATIS, ALLES FREI, ich wiederhole ..." und Harald Hurricane wartet schon mit den Accordion Twisters in seiner Limousine vor dem Neuwirt. Als ich beim Neuwirt ankomme, hyperventiliert der dicke Peppi fast, ich meine: „Vergiss ja nicht, das Discozelt schnell aufzustellen für die After-Show-Party!" Er haut mir auf die Schulter und sagt nur: „Schorschi Hofer, du Sauhund du!" Der Bürgermeister kommt im Jogginganzug, seine Frau rennt ihm mit einer Hose hinterher und schreit: „Du ziehst dich jetzt sofort um!" Meine Mama gibt mir ein Bussi und sagt, dass das eine tolle Idee war, das freut mich natürlich. Die Traudi schüttelt den Kopf und erklärt: „Wenn heute alles gratis ist, dann lade ich dich ein." Die Rosi kommt auch und meint: „Die Luftgitarre wird heute wieder für Furore sorgen, zieh dich warm an." Meine Schwester Johanna boxt mir sogar lieb gemeint in die Rippen, welch unerwartete Wendung! Harald Hurricane steigt aus, er umarmt den Karl Seethaler und die Hertha vom Laden, die sich an ihn schmiegt wie ein blindes Katzerl. Er schaut ihr in die Augen und sagt zu ihr: „Hertha, du bist eine Traumfrau" und zwinkert mir dabei zu.

Ich spüre diese tiefe Zufriedenheit in mir und sage leise zu mir selbst: „Kirchwaldhofen, ist der Wahnsinn!" Da nimmt mich plötzlich Alegra an der Hand und sagt im tiefsten Unterländler Dialekt: „Du a!"